W0238017

Un amour ottoman

DU MÊME AUTEUR

Aux Éditions Fayard

Beauté de la poussière, Fayard, 2001.
Martial, Fayard, 2003.
Mes rendez-vous, Fayard, 2005.
Cap Fréhel, Fayard, 2005 (1re éd. 1989).
Mon beau légionnaire, Fayard, 2006 (1re éd. 1991).
Sperme noir, Fayard, 2006.
Dassoucy & les garçons, Fayard, 2011.

Aux Éditions Gallimard

Bi (De la bisexualité masculine), Gallimard, coll. « L'Infini », 1996.
Apologie du plagiat, Gallimard, coll. « L'Infini », 1997.
Femme en fourreau, Gallimard, coll. « L'Infini », 2000.
Morgue, éd. Verticales/Gallimard, 2007 (1re éd. 1979).
Grisélidis, courtisane, éd. Verticales/Gallimard, 2011 (1re éd. 1981).
Voyou, suivi de *Conversation au Palais Royal* par Mona Thomas, coll. « L'Infini », 2012.

Aux Éditions Zulma

L'Horoscope cruel, Zulma, 1996.
Les Péchés capitaux de Furetière, Zulma, 1997.
Le Topinambour & autres merveilles, Zulma, 2000.
Érotique du vin, Zulma, 2003 (1re éd. 1999).
Petit inventaire excentrique du Z, Zulma, 2004.
Brève histoire des fesses, Zulma, 2009 (1re éd. 1995 ; 2e éd. 2003).

Aux Éditions Albin Michel

Les Garçons de passe, Albin Michel, 1978.
Le Voyeur, Albin Michel, 1981.
Les Français de la honte (avec Guy Hocquenghem), Albin Michel, 1983.
Obsessions, Albin Michel, 1985.

(Suite en p. 159.)

Jean-Luc Hennig

Un amour ottoman

Styles

cherche midi

Collection « Styles » dirigée par Vincent Roy

© le cherche midi, 2012
23, rue du Cherche-Midi
75006 Paris
Vous pouvez consulter notre catalogue général
et l'annonce de nos prochaines parutions sur notre site :
www.cherche-midi.com

Pour A, ce livre qui est le nôtre.

Quiconque n'aime pas les garçons ni les chevaux
à l'ongle unique ni les chiens,
jamais n'a de la joie au cœur.
Théognis

Elle avait raison, je suis seul, mais avec son ombre.
Philippe Sollers, *L'Éclaircie*

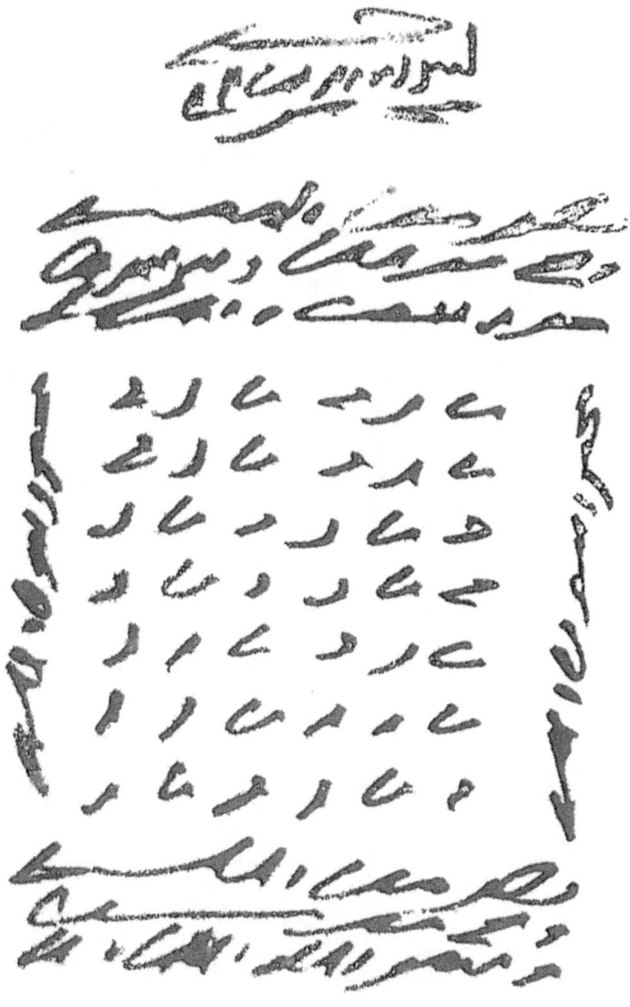

Marrakech, *Doc(k)s*, folio 106, décembre 1977.

1

Comment déchiffrer une tablette babylonienne ?

Ceci est le récit de la première correspondance que j'ai reçue dans ma vie. J'avais 13 ans, il en avait 16. Je l'appellerai A. C'était en 1958. Ce n'était pas mon premier grand amour. Le premier, je l'ai eu à l'âge de 9 ans. Il s'appelait A aussi, mais il n'y a pas eu de mots. Sinon très récemment. Des mots déplaisants (désagréables). Sur un passé que je fus le seul apparemment à vivre (connaître), ou qu'il a renié comme tant d'autres l'ont fait, ou qu'il a tout simplement oublié.

J'étais en classe de troisième, lui en seconde. Comment nous sommes-nous rencontrés ? Probablement dans la cour. Il était pensionnaire et moi aussi. Probablement était-il seul comme moi. Tous les deux seuls, avec un nom étranger. Je ne sais pas d'où vient son nom assez rare, peut-être de Turquie. Mon arrière-grand-père, lui, est arrivé de Saxe à la fin du XIXe siècle, pour je ne sais quelle raison. Il était tailleur, il était d'ailleurs. J'ai hérité de son nom, qui veut dire « miel » en allemand.

Je suis surpris par sa beauté, aujourd'hui. Ému par ces photos qui se ressemblent toutes, dans les palmarès qu'on distribuait en fin d'année à chaque élève et dont j'ai gardé par chance ceux qui correspondent à cette époque-là.

Il n'a jamais été question de sexe entre nous, de près ou de loin. La question ne se posait pas pour moi, ni sans doute pour lui. Je crois qu'on était à mille lieues de ça. Le baiser, peut-être le baiser. Le visage, oui. On s'aimait par le visage. Peut-être par la main. Mais s'est-on jamais touché ?

L'amitié est venue d'où ? de quoi ? je ne sais pas. Il était pensionnaire, c'est certain. Comme j'étais timide, il a dû s'approcher de moi. Et puis comme il était très beau, très doux, très mélancolique, je devais le regarder déjà. J'ai dû le regarder longtemps. Voilà d'où est venue l'amitié.

Il était de nom, mais aussi de peau, de cheveux, d'yeux un étranger. Mais étranger d'où ? Je suppose qu'il venait de Turquie, mais ce pouvait être aussi bien d'Inde ou du Pakistan ou d'ailleurs. J'imagine qu'il a écrit ces mots-là parce qu'il était étranger à un autre étranger. Nous étions deux inconnus, deux corps inconnus.

Le fait qu'il me demande de tenir le secret sur ces lettres prouve qu'elles n'appartenaient pas au commerce habituel de l'amitié, qu'elles excédaient l'amitié, qu'elles étaient inavouables pour les autres, le reste du collège et qu'il fallait bien leur reconnaître (en tout cas, c'est ainsi qu'il le voyait) un caractère amoureux.

J'imagine que j'ai vécu là en raccourci, en quelques mois, à travers ces lettres, le scénario de toutes les histoires d'amour que j'allais connaître toute ma vie. Les mêmes histoires déçues, trompées, trahies, reniées, abandonnées. Pourquoi toutes ces histoires se sont-elles passées ainsi ?

Il demandait de garder ces mots secrets. Mais après plus de cinquante ans, je crois qu'il y a prescription. Y a-t-il eu des mots de ma part ? J'en suis sûr, il en parle d'ailleurs. Je suis presque sûr aussi qu'ils sont perdus. Il n'y a que moi qui garde tout comme un forcené, j'ai tant de lettres chez moi. Mais avec A, c'était la première fois que je recevais des mots. Des mots que je lui avais demandés, comme si déjà j'étais au début et à la fin de l'amour.

Comme j'ai dit, A n'était pas mon premier grand amour. Il y eut un autre A, de ma classe celui-là, que j'ai aimé très vite, à l'âge de 9 ans et quelques mois, à mon entrée en sixième. Il l'était d'ailleurs encore pour moi quand j'étais en troisième. Je me souviens qu'il m'embrassait dans les cheveux, en me prenant par la tête, il riait très fort, il disait «Je t'aime, je t'aime, je t'aime». Parfois à l'étude il me disait des crapuleries dans le cou qui m'échauffaient. Mais j'ai redoublé ma troisième, je l'ai perdu de vue jusqu'à très récemment où j'ai été présenté à lui. À mon nom, il a simplement dit: «J'vois pas, non, j'vois pas.» L'amour, c'est de voir tout simplement.

Dans le lot de cette petite vingtaine de lettres, j'en trouve une de déchirée, en mille morceaux. Qui l'a déchirée? C'est moi, bien sûr. Quand? Longtemps après? Je ne sais plus. Pourquoi? Pour qu'on ne puisse pas la lire ou qu'on ne la lise qu'après beaucoup d'efforts? Parce qu'elle contenait un secret? Ou parce que j'ai voulu me venger, me venger de lui, sans pour autant détruire la lettre? Cette lettre, une des premières, devait faire suite à une conversation dans la cour. Peut-être même à des larmes de moi. Il a voulu me consoler, j'ai voulu me venger. Parce que son amour ne me semblait pas à la hauteur? Parce que je sentais qu'il faisait défaut? Parce que j'étais déçu?

On n'entame pas une conversation comme ça pour rien. Mais en lui demandant de m'écrire s'agissait-il dans mon esprit de forcer ses sentiments, de les lui faire avouer ? Ou d'un solde de tout compte, de tirer un trait, de ponctuer cet épisode ? Peut-être ces mots d'amour sont-ils la fin d'une histoire, on était d'ailleurs à la fin de l'année scolaire, à l'entrée des vacances d'été. Et après les vacances il n'y aura plus rien. Nous nous sommes probablement vus dans la cour, nous avons probablement évité de nous voir. Tout était fini (rompu).

Je n'ai pas gardé de palmarès des années suivantes. En revanche, j'en ai un de 1955, à la fin de mon année de sixième. Il était déjà là, en cinquième, deuxième de sa classe. Pourquoi ne l'ai-je remarqué que trois ans plus tard ? Car c'est un amour qui a duré peu de temps, qui fut donc violent et désespéré. Une flambée de passion de quelques mois et dont ces lettres de l'été 58 marquent l'épilogue. Je n'écris pas ceci pour le retrouver. Je ne cherche pas à le retrouver. Retrouve-t-on l'enfance ?

J'avais 13 ans et quelques mois, j'étais en troisième classique. Pas très bien classé, d'après le palmarès que j'ai sous les yeux. Lui était premier de sa classe. On le voit photographié plusieurs fois dans le bulletin, toujours avec ce regard noir, profond, fataliste. Toujours assis, il paraissait attendre.

J'ai passé des heures et des heures à recoller les morceaux minuscules de la lettre du 14 juin – en redoutant qu'il y ait des trous, mais il y en a, quoique d'importance minime. Mais pourquoi avoir déchiré cette lettre de façon à ce que personne ne la lise, en la gardant pourtant précieusement ? C'est sans doute qu'il n'avait pas répondu à mon attente. Et que je le déchirais comme sa lettre, tout en conservant (recueillant) les morceaux.

Des yeux très noirs. Quelque chose d'un peu lymphatique, de très doux, d'oriental à coup sûr. La stature bien en chair, la passivité apparente, presque la mollesse. Probablement bisexuel, comme tous les Orientaux, je suppose aujourd'hui.

Il a les mains qui se tiennent sans se tenir. Ce fut mon amour ottoman.

Cette archéologie du passé me force à recomposer petit bout par petit bout, millimètre par millimètre cette feuille de cahier d'écolier, écrite à l'encre bleue. Plusieurs jours durant pour une seule feuille déchirée, écrite recto verso. Reprenant (répétant) cet amour à douleur, oui à douleur, si longtemps après.

Il est assez déconcertant de constater qu'à le regarder ainsi sur les photos, l'air un peu mystérieux, ses mains mollement croisées sur les cuisses fermées, les yeux noirs cheveux noirs, légèrement enveloppé, encore aujourd'hui il me paraît si beau, d'une beauté mélancolique, comme exilée, sans doute du Sud, mais d'où ? Et que j'en tombe amoureux, amoureux de mon passé – et de savoir qu'il m'a aimé me rend triste.

Je savais déjà, depuis quelques années, que rien n'était possible. C'était ainsi. Le moindre élan était d'ores et déjà compromis (inutile). Il n'y avait pas de rapports amoureux possibles entre deux garçons. Comment être heureux ? J'étais mal né, voilà. Je me débattais comme je pouvais, maladroitement bien sûr, mais c'était une façon de dire (reconnaître) que j'aimais, qui j'aimais et que cet amour n'avait aucune chance d'exister (de vivre). Il y avait des emballements amoureux, parfois et même assez souvent réciproques, c'est tout. Ils se confrontaient à la rupture inévitable. J'étais comme une mouche aux ailes coupées. Et c'est sans doute pourquoi, si ma vie sexuelle s'est passée cahin-caha, avec des hauts et des bas, l'amour a été à peu près raté. Il est si facile de se tromper d'amour quand on a tout imaginé.

Je fus celui à qui on a écrit toute sa vie. L'homme de l'ombre. Suis-je devenu moi-même amoureux d'une ombre ? Voilà une sorte d'amour étrange qui traverse le temps, mais dont la nature même est l'impossibilité de le retrouver.

Ce qui est plus étrange encore, plus étrange que le désir de retrouver cette fascination d'alors pour

A, c'est ma fascination d'aujourd'hui pour le visage de A de cette époque, comme si au désir d'interroger ce que fut cette courte liaison de ma jeunesse s'ajoutait l'impossibilité radicale, aujourd'hui encore, d'une relation amoureuse autre que dans l'imagination. L'interdit est là, il a toujours été là.

Je me rends compte aussi que ma vie correspond à l'élaboration d'un puzzle, elle est faite de patience, d'une infinie patience, et même d'une grande opiniâtreté, et d'un secret à déchiffrer à la fin. Le puzzle permettant de passer de l'état d'aveugle à celui de voyant. On ne comprend la réalité des choses qu'à la fin, c'est-à-dire après coup. Tous ces petits morceaux disparates (dépareillés) finissent par avoir un sens contre toute attente, un sens très précis auquel je ne pouvais accéder. Et bizarrement ce ne sont pas mes mots, mais les mots des autres qui me l'ont permis. C'est peut-être pourquoi je n'ai jamais écrit que le livre des autres. Comme si, avec ses propres mots, on se mentait à soi-même. C'est le puzzle du temps que je suis en train de reconstituer, petit morceau par petit morceau. Même s'il reste encore quelques trous.

Une recherche express sur Internet m'a permis de localiser avec beaucoup de vraisemblance A. Quelque part en France. Son nom est relativement rare pour que je ne me trompe pas. Désiré-je le voir ? Non. Parce qu'il ne correspond à rien de ce que je recherche à travers cette correspondance. Ce que je recherche, c'est moi. Mais je serais curieux de voir qui j'ai aimé. Si ce n'était qu'une pure illusion, s'il se souvient de quoi que ce soit, à quoi au juste correspondaient mes chimères, des choses comme ça. Mais non, résister à tout prix au chant des Sirènes. De toute façon, instinctivement (intuitivement) je suis sûr de ne pas m'être trompé. En tout cas, pas avec A.

Le puzzle est quelque chose de fantastique. Il suppose en l'occurrence de reconstituer un texte dans le temps : il y a de la volupté, une certaine volupté à voir ainsi s'agencer des morceaux inconnus de sa vie ; c'est un art du suspense qui conduit à une vérité cachée, perdue dans le passé, à laquelle on accède en rafistolant des petits lambeaux de peau. Cette feuille de cahier d'écolier écrite recto verso à l'encre bleue m'était donc adressée au-delà du temps prescrit. C'était une lettre d'outre-tombe, une lettre d'adieu.

Un amour en dehors de notre temps ? Je suis sûr que non. Je suis sûr qu'aujourd'hui encore un garçon écrit à un garçon, sans doute pas avec les mêmes mots, mais avec autant d'élan et de douceur.

Si j'ai raté (presque) tous mes amours, c'est que la question de l'amour se posait déjà à l'époque pour moi comme elle se pose aujourd'hui. Et je dirais, exactement dans les mêmes termes. Je n'ai pas avancé d'un iota. J'étais condamné d'avance. À quoi ? À ne pas pouvoir et même à ne pas savoir aimer. Mais je savais parfaitement à 13 ans, et même à 9, et même à 7 je crois, que je ne pourrais pas aimer. Aimer un garçon. Que je ne le pourrais jamais. Et c'est cette rage que j'exprimerai toute ma vie.

Je savais que A m'aimait, d'une amitié certainement intense, mais je savais aussi que cette amitié ou cet amour ne pouvait que se regarder lui-même, sans pouvoir se déplier, s'épanouir et vivre en liberté. Cet amour devait mourir dans l'instant ou à peu près. C'est pourquoi tous mes amours ont eu une durée plus ou moins courte.

Il y a d'ailleurs quelque chose d'assez incroyable à aimer à nouveau quelqu'un dans le temps, à vouloir retrouver cet instant de l'amour qui s'effondre lui-même. Comme si c'était précisément cet instant fatal que je cherchais. J'aime la souffrance ? Peut-être. J'aime surtout l'amour, mais l'amour pour moi, et depuis ma naissance, devait s'accompagner de souffrance. Cet instant idéal de l'amour, je l'assimile au baiser (quoiqu'il n'y ait jamais eu, je ne crois pas, de baiser entre A et moi). Pour moi, le baiser est le tout de l'amour, parce qu'il se suffit à lui-même et qu'il n'a pas de suite ou de conséquences désastreuses. Le baiser me paraît la conjonction de deux êtres perdus ou éperdus. Il n'y a pas d'avant, pas d'après le baiser. Il n'y a aucune souffrance dans le baiser, il y a un bonheur qui tourne sur lui-même.

J'ai attendu 25 ans pour être embrassé. Mais c'était peut-être trop tard. Pourtant ce fut un moment doux, libre, inespéré. Je ne m'y attendais pas du tout. C'était dans une forêt au mois de juin. Mais le malentendu était là. J'en aimais un autre, il s'appelait P et vivait en bas dans la vallée. Donc même cette plénitude du baiser, qui fut pourtant une révélation du plaisir, était désenchantée. Cette plénitude entière du baiser, je la connaîtrai plus tard, en particulier avec la bouche mauve de mon ami chilien. Être libre d'embrasser, voilà pour moi à quoi se résumera l'amour toute ma vie. Je me rappelle ce baiser avec B, devant les cafés, à la station Blanche, qui fut pour moi une révolution. Ou avec le Chilien, chez lui ou chez moi ou dans le parc des Buttes-Chaumont. Ou dans une tour en ruines, en plein été, avec le Frisé. Ou dans les prés, au fin fond de l'Aveyron, avec F. Ou dans un cimetière des Flandres avec

Rodolphe. Cette liberté du baiser, je ne l'ai toujours pas aujourd'hui.

Je dois constater aussi qu'après la rupture (brouille), A ne s'est pas rebellé, d'aucune façon, on se voyait dans la cour, on évitait de se voir, il acceptait ça comme si c'était dans l'ordre des choses, dans l'ordre du monde. Il y avait donc un au-delà de l'amour qui lui paraissait supportable (acceptable).

« Quant à la peine, rien ne console de la malédiction d'être qui on est », dit Philip Roth. C'était une peine d'être comme j'étais, puisque je resterais toujours en désir d'amour. Pas d'aimer ou d'être aimé : de pouvoir aimer, de savoir aimer. Peut-être qu'à force le désir lui-même s'efface, ou plutôt qu'on désire désirer mais qu'on ne désire rien, puisque c'est un effort inutile de désirer quelqu'un. Qui ne mène à rien qu'à souffrir. Et si la nature de mes amours est en effet d'entraîner la souffrance, je n'aime pas souffrir pour rien. Le stoïque se crispe, s'arc-boute devant la souffrance ; l'épicurien fait tout pour l'écarter ou s'écarter d'elle : je suis donc épicurien. Voilà l'ultime avatar de cinquante ans d'amour : éviter l'amour. On ne peut pas dire que ce soit une grande réussite.

J'ai ressenti très tôt, comme j'ai dit, cette impossibilité d'aimer, d'où ma rage à faire rater les choses ou encore à les faire advenir coûte que coûte, contre toute attente, contre la volonté du ciel : je fais le coup de folie. Mais les choses n'arrivent jamais, tout se désagrège sous mes yeux. J'ai beau le vouloir ou le désirer très fort, je n'y arrive pas. Ma rage embarrasse tout le monde, y compris Cy aujourd'hui. L'époque il est vrai n'est pas au drame ou à la rage, mais à une inconvenante efficacité, à une innocente et lisse technicité, à une molle indifférence.

Dans son magnifique *Tombeau d'Achille*, Vincent Delecroix écrit : « Le moment, imperceptible d'abord, la frontière si ténue par où passe la vertu de la force et de la puissance, dans ce code archaïque, pour devenir une passion démesurée et condamnable est le moment de la colère, où la force n'est plus si saine, où la violence n'est plus si solaire et dangereusement côtoie l'ombre nocturne de la folie. » J'avais cette colère, cette folie, cette rage désespérée de ne pas pouvoir, de ne pas savoir aimer. Comme Achille, chez Homère, ma folie venait de la mélancolie et de la solitude. Achille n'étreint rien, dit Delecroix, sa seule union charnelle avec Patrocle est quand la chair est brûlée, « ce ne sont pas les membres et les torses d'Achille et Patrocle qui se confondent et s'étreignent, c'est la cendre de l'un et la cendre de l'autre, dans la même urne orfévrée par un dieu souterrain ».

Je n'avais pas oublié ou perdu de vue l'existence de ces lettres. Mais ce qui m'a surpris le plus, avant même de les relire – car j'avais tout oublié de ce qu'elles disaient – c'est la beauté lointaine, pensive, mystérieuse, mélancolique du visage de ce garçon sur les photos du palmarès. Aujourd'hui, je l'aime comme au premier jour, comme j'ai dû l'aimer à 13 ans. J'aime une ombre, une photo passée, qui ne correspond plus à un être réel (même si A, je crois, est toujours vivant) et je l'aime fixée dans le temps. Je l'aime parce qu'elle n'existe plus – comme ces langues anciennes qui ne bougent plus, qui sont ce qu'elles sont à jamais, qui ne réservent aucune mauvaise surprise, c'est-à-dire aucune surprise du tout (et j'étais en troisième classique, et A en seconde moderne). Oui, je l'aime dans cet instant unique où je le regardais, dans la cour de l'école, et qu'il me subjuguait (m'éblouissait).

Je ne me souviens pas s'il portait une blouse bleue. Cette histoire de blouse bleue me tracasse : était-elle celle de A en 58 ou celle de P en 70 ? J'ai fréquenté les cours d'école assez longtemps dans ma vie, à divers titres, et les premiers de la classe aussi, et les blouses bleues.

Je ne me souviens plus de rien, sinon des moments où on se parlait dans la cour, ou plutôt d'une cour à l'autre, entre nos classes de troisième et de seconde. Je n'ai d'ailleurs jamais rien su de lui que ce qui est écrit dans les lettres, sinon qu'il habitait dans un pays de mines. C'était une sorte d'aérolithe, quelque chose de très nouveau pour moi. Je me souviens seulement que je ne faisais rien en classe, depuis déjà longtemps. Que je ne faisais que rêver. Mais cette histoire avec A a dû m'emballer l'esprit, comme aujourd'hui où il n'est plus qu'une image. Aimer seul m'a toujours emballé l'esprit. Et je me rends compte parfois, et même assez souvent, que ce visage tant aimé, tant rêvé, après un certain temps me dégoûte ou me laisse indifférent. À la période de cristallisation de l'amour correspond donc une période plus ou moins longue, parfois brutale, de dégrisement, de dessaoulement. Voilà pourquoi, sans doute, je précipite la fin de cet amour, déjà si court. Je veux qu'on en finisse, sinon je suis sûr du gâchis.

Et puis il faut bien que je lise ces lettres, toutes ces lettres et pas seulement la lettre en morceaux. J'ai l'impression réelle de lire des mots venus de loin, ou d'une autre époque, peut-être de la poésie arabe médiévale. Ce mot de « cœur » qu'on n'emploie plus aujourd'hui et qui me bouleverse.

Manquent le vin, la musique et le corps des jeunes esclaves persans chrétiens. Rien qu'une cour d'école, qui n'était pas bitumée, c'était un sol poussiéreux. Parfois je jouais aux billes ou au ping-pong, mais souvent je ne faisais rien. Les autres existaient à peine. J'étais seul, déjà.

Pourquoi lui ai-je demandé de m'écrire *tous les jours* ? Pour croire en son amitié ou faire advenir son amitié ? Pour garder une trace de cette chose éphémère ou en précipiter la fin, car les mots de l'amour m'ont toujours été fatals, ils ont joué contre moi, ont détérioré les choses ? B me rendra un jour ses lettres (qu'il m'avait demandé de lui prêter) *avec les miennes* – ce qui est bien la pire des insultes, puisqu'il n'a même pas conservé l'amour qu'il y avait avec. C'est pourquoi je n'ai aucune envie de relire les lettres de B et encore moins les miennes à B.

Je suppose que A n'a pas conservé mes lettres, comme j'ai conservé les siennes : il a fait sa vie, comme on dit. A dû avoir une famille, des enfants, des déménagements. Peu importe, je ne cherche pas à conquérir A aujourd'hui ni même à le retrouver. Ce qui me plaît (m'intrigue), c'est d'avoir envie de cette image d'autrefois et donc d'avoir envie de lire ses lettres comme autrefois. De comprendre, à travers cette écriture bleue, assez arrondie et souple et douce, cette impossibilité d'aimer que j'avais déjà connue à 9 ans. P, qui avait 18, 20 ans, avait un peu la même écriture enroulée, mais A développait l'arabesque. Il faisait assez peu de fautes. C'est une écriture régulière, sûre d'elle, presque sage, qu'on croirait sortie d'un conte des *Mille et Une Nuits*. Ces lettres avaient certainement déjà quelque chose d'irréel à cette époque-là, à cet âge-là, pour un garçon comme moi qui n'avait jamais rien lu de sa vie ou presque.

Je ne sais rien de la façon dont les choses se sont terminées, sinon qu'elles se sont terminées sur une étrange formule chimique (un problème à vrai dire insoluble). Je n'ai pas été abandonné, je ne crois pas. J'ai décidé la rupture. Avec le sentiment certainement que l'amour manquait ou avait fini par manquer, que quelque chose en tout cas manquait dans cette affaire. Et que ce garçon avait dû oublier tout ça. Cette histoire ? Quelle histoire ? Non, j'vois pas, dira l'autre A beaucoup plus tard. Si on oublie si facilement l'amour, cela prouve-t-il que l'amour n'a pas eu lieu ? Oui, je le crois.

J'ai toujours inventé mes amours ou presque, voilà le constat auquel je dois me résoudre. L'amour suivant, dont je n'ai jamais su le prénom apparemment, car je ne lui ai jamais parlé, ne viendra qu'en 62 ou 63, il durera jusqu'en 69. C'est un garçon que je voyais dans la rue, dans une autre ville où j'étais étudiant. Il était parfois seul, parfois accompagné d'un ou deux amis (toujours les mêmes), et il allait ou revenait du restaurant universitaire situé assez loin du quartier des facultés. Il était grand, mince, portait un imperméable mastic trop court pour lui et, j'y pense aujourd'hui, son visage était assez proche de celui de B, que je rencontrerai dix ans plus tard. Ce fut un éblouissement, un grand amour mystique, le seul grand amour de toutes ces années moroses. Un amour où je marchais toujours en sens inverse.

Je ne lui ai jamais parlé et naturellement jamais écrit. Il me regardait aussi, je crois qu'il m'a aimé aussi un peu. Il n'a jamais souri. Je l'ai tellement regardé que je lui ai longtemps emprunté une certaine moue des lèvres, que j'ai oubliée aujourd'hui, et à chaque fois que je la prenais involontairement son visage me revenait.

Ce fut un amour sans rupture, puisque sans commencement. Un long instant infiniment recommencé, avec toujours le même ravissement. Quelque chose qui était proche de rien mais qui n'était pas rien. Je me souviens qu'il avait la peau assez pâle (presque diaphane) et de belles lèvres rouges. Pratiquement pas de cheveux. Comme un portrait de dame de l'école de Fontainebleau. Il était lumineux. Je n'ai jamais essayé de savoir quoi que ce soit de sa vie, en tout cas personne ne m'en a rien dit. Il avait une chambre à la Cité universitaire et faisait des études de biologie. Je le cherchais parmi les tables du restaurant, il passait souvent devant moi, je crois qu'il aimait bien qu'on se rencontre ou que je le regarde, il ne cherchait pas à m'éviter. Il était délicat. Je l'ai connu ainsi pendant sept ans.

Il a fallu que j'entre dans la vie active pour que l'amour prenne corps, pour que mes amours deviennent quelque chose de plus réel, mais de tout aussi catastrophique. Ce fut P, une de mes grandes passions. Un jour peut-être je parlerai de lui, s'il y consent. Et des autres aussi dont je garde les lettres dans mes dossiers à sangle noirs.

Le réel ne m'a jamais vraiment captivé, c'est pourquoi sans doute le roman en général ne m'intéresse pas – le roman, c'est le XIXe siècle, n'est-ce pas ? Ce qui pourrait me convenir dans le roman, c'est le burlesque, la polyphonie, la désillusion, la féerie mélancolique, mais est-on encore dans le roman ? Ce genre d'amour irréel me convient finalement assez bien : aimer seul est un irréalisme qui défie la mort, qui défie l'amour, *Les Chimères* de Nerval déjà. Ce qui n'a pas empêché Nerval de se pendre dans la nuit du 25 au 26 janvier 1855, rue de la Vieille-Lanterne, mais je ne veux pas me pendre. Je tiens à mon instant magique.

Je crois que si je n'avais pas été professeur, puis journaliste, puis écrivain, j'aurais été archéologue. Ce n'est pas pour rien si j'ai écrit 1 200 pages sur Charles Coypeau Dassoucy, un auteur burlesque du XVIIe siècle dont on ne sait pratiquement rien. Me voici archéologue de moi-même, de ma façon de vivre et d'aimer, surtout d'aimer, de mon impossibilité d'aimer et des scénarios que cela engendre à chaque fois, un même et unique scénario à vrai dire. Que s'est-il passé cet été 58 avec A ? Et pourquoi encore aujourd'hui en suis-je si ému ? L'archéologue fouille, gratte, époussette la terre et ses matériaux. Moi, j'époussette les mots. Je reconstitue douloureusement le puzzle de mes sentiments. C'est un travail minutieux, un travail minuscule : j'ai toujours raffolé du minuscule (des mots aussi, d'ailleurs). On n'en finit jamais avec l'infiniment petit, on n'en finit jamais avec soi.

Ce qui m'intéresse au fond dans cette histoire, comme dans toute histoire d'amour, c'est la distance, la mise à distance en l'occurrence entre deux moments si éloignés dans la vie. C'est la distance du Voyeur, la seule distance qui m'est permise dans le spectacle de l'amour. Même avec Cy, il y a eu des mises à distance successives, de part et d'autre. Alors que lui, au début, ne cherchait pas de distance, il voulait même le contraire, du sexe brut, mais c'est tout. De la distance naît l'amour, je dirais même que l'amour ne s'inscrit que dans la distance (la princesse de Clèves l'avait parfaitement compris). Peut-être que Cy n'aura eu dans sa vie qu'une histoire d'amour avec un garçon et ce sera avec moi. Avec Grisélidis, c'était pareil. C'est pourquoi elle m'appelait le Féroce ou encore le prince Mujchkine. Oui, il y a de la férocité à vouloir aimer aujourd'hui. Le sexe ne demande aucune férocité de ce genre, il en donne l'illusion, ne provoque au mieux qu'un petit frisson, peu compatible avec le romantisme noir de l'amour.

Est-ce que j'aurai le courage un jour de relire toutes ces lettres, depuis A jusqu'à aujourd'hui, je ne crois pas. Sinon pour P, mais le voudra-t-il et même osera-t-il ? Il m'envoyait des lettres au Caire, je me souviens, avec du sel dans l'enveloppe ou des morceaux d'algues ou des graines noires.

Pour mes amours comme pour le reste, je serai à jamais celui qui regarde. C'est ma place, je m'y tiendrai.

Compte tenu du fait que mes amours étaient, sinon impayés, du moins confus ou équivoques, je dois bien en conclure que c'est moi qui décidais d'aimer. Mais ai-je aimé quelqu'un qui ne m'aimait pas d'une façon ou d'une autre ? Même si cet amour est à mettre au compte de l'imprécision, de l'ambiguïté, voire du malentendu, j'étais aimé, j'étais regardé avec attention, parfois avec curiosité ou étonnement, jamais (rarement) avec ironie. C'est de ce regard que prenaient corps mes chimères. Je n'idéalisais rien (comme Emma Bovary), j'inventais tout, cela me suffisait.

L'histoire de mes grands amours n'a donc rien à voir avec le sexe, la preuve avec A. Ils ne l'excluent pas, ils ne l'incluent pas non plus évidemment. Ce sont en réalité deux choses qui n'ont strictement aucun rapport pour moi, qui se superposent l'une à l'autre et qui s'amalgament difficilement. Seul le baiser, comme j'ai dit, faisait le lien ténu entre les deux. Je ne sais pas pourquoi j'ai embrassé Sergio quelques semaines avant sa mort, un après-midi de juin, dans ce bar de la rue des Lombards, alors qu'il y avait belle lurette que nous ne nous voyions plus régulièrement, sinon de loin en loin. Il en fut surpris, je crois que ce baiser disait qu'on s'aimait vraiment, c'est-à-dire sans limites, au-delà de la maladie, au-delà de la mort.

Je ne me souviens pas beaucoup des scènes de sexe dans ma vie. Sinon celles qui se sont répétées avec le même garçon, encore un A que je n'aimais pas particulièrement, mais je me souviens de tous ceux que j'ai aimés tant soit peu. Je crois d'ailleurs que dans ce milieu de bars de nuit que je fréquente à l'occasion personne ne se souvient jamais de rien, c'est la loi du milieu.

L'immense beauté de la bouche et des yeux noirs de A. Il y a de l'Orient dans ces yeux, du fatalisme, de la mélancolie, il y a des poèmes d'Abû-Nûwas, il y a si loin dans ces yeux d'une cour d'école en France en 1958. Je crois que j'ai toujours recherché cette chose qui me manquait, une puissance de toujours, immémoriale, née de la simplicité, quelque chose d'aussi intangible qu'un galet. Cette puissance-là qu'avait A, mais P aussi et le Chilien, c'est peut-être ce qu'on appelle la virilité.

Inutile de dire qu'en revoyant A aujourd'hui dans ce palmarès, je ne pense pas une seconde à son sexe, ni à son corps nu. C'est son visage qui m'aimante, la beauté de ce sourire imperceptible et incompréhensible, qui ne semble donner prise à quoi que ce soit, qui se donne à admirer. J'ai été aimé par le plus beau de la classe, c'est pourtant vrai, même si c'est ridicule de le penser.

En revanche, qu'il ait été premier de sa classe me paraît très secondaire.

Au fond, pourquoi dire que j'ai raté ma vie amoureuse ? Il s'agit en réalité d'une certaine vie amoureuse, extraordinairement âpre, fulgurante et courte. J'ai connu des moments de vie amoureuse intense, mais des moments si courts qu'ils sont effacés par les larmes.

Contrairement à ce qu'on voit aujourd'hui, où on explicite tout, on dissèque, on pose des conditions, on met des bornes, on installe des garde-fous, on se précautionne, on dit oui à ci, non à ça, je crois pouvoir dire qu'avec les gens que j'ai aimés ou essayé d'aimer, c'était illimité. L'époque était comme ça, elle était radicale, emportée, véhémente, absolue. Elle ne faisait pas de quartiers, ne dressait pas de chicanes et surtout elle voulait les choses et les prenait. Avec A, j'ai eu aussi ce sentiment d'absolu, même si probablement je l'aimais plus que lui, peut-être plus charnellement que lui ? Rien n'était divisé entre lui et moi. D'ailleurs, la rupture aussi violente et brutale et inexpliquée prouve la force de cet attachement.

Je me rends bien compte que ces emballements soudains, qui n'ont aucune issue et parce qu'ils n'ont aucune issue, me portent parfois jusqu'à la folie. Je sais même que, d'une certaine façon, ils me sont nécessaires, ils me poussent avec une formidable énergie à accomplir des travaux fastidieux, ils sont mon unique ressource pour supporter le dégoût de vivre seul. Ces emballements fiévreux me permettent paradoxalement de croire à quelque chose, alors que rien n'existe vraiment pour moi.

Il y a une coupure radicale entre ces accès de démence et ma vie de tous les jours. Parfois, simplement, ils s'expriment par des colères soudaines, violentes, irrépressibles et même injustifiées, mais pas toujours. Dès que je sens qu'on me manque, j'explose littéralement. Probablement parce que dans l'amour on m'a toujours manqué ou bien que je n'ai cherché que des gens qui devaient un jour me manquer, et que je le savais avant même de les rencontrer, puisque leur goût sexuel et surtout amoureux les porterait un jour à me manquer. D'ailleurs, je crois sincèrement que ce n'est pas moi le plus souvent qui les entreprenais, mais eux. Et comme ils m'aimaient un peu, j'avais la faiblesse de les croire et je commençais à pétiller. Mais la force de mon regard les contraignait aussi à s'intéresser à moi. C'était donc toujours un jeu de dupes.

La solitude, c'est vrai, fut mon lot de toujours – même si je n'y faisais pas attention à l'époque. Ce n'était pas une invention, mais une réalité propre de ma vie. J'étais enfant unique perdu dans un grand jardin. Parfois je m'enfuyais sur la grande route vers le canal (mais on me rattrapait vite), parfois je restais seul dans la grange sous le cerisier. Et puis, je n'ai jamais vraiment été à l'école avant mon entrée en sixième. Je fréquentais un cours particulier (le cours Sévigné), on devait être une douzaine, souvent moins, filles et garçons mêlés, de 4 à 14 ans. À midi j'étais seul. Le soir j'étais seul. Pendant les vacances j'étais seul. Mais la solitude ne s'apprend vraiment que quand on est deux.

Avec A, celui que j'ai connu à 9 ans, c'étaient des regards, des baisers volés dans les cheveux parfois, des frôlements, des souffles. Une sorte de passion folle, inaboutie, démesurée. Où il entrait quelque chose de trouble et de très sensuel. Ma première grande amitié sentimentale, c'est avec l'autre A, celui de l'été 58. C'est pourquoi les mots ont été si importants, pourquoi je les ai demandés, ils devaient signer (authentifier) l'amitié. Cette amitié est donc née de la solitude, mais elle a dû créer un premier chagrin (était-ce vraiment le premier ?), peut-être savais-je déjà qu'il était trop loin, trop en retrait, trop prudent ou trop réservé, bref, qu'il ne m'aimait pas comme je l'aimais. Le sexe ne me traversait pas l'esprit, c'est la totalité qui me tourmentait et me tourmente toujours. J'étais déjà blessé, hérissé par tout, crispant, colérique, désespéré. J'avais 13 ans, j'en ai 66, je n'ai pas changé.

Cette solitude initiale n'était pas tant une solitude sauvage qu'une solitude presque irréelle. Qui pouvait faire croire que j'existais sans exister ou que j'étais transparent aux autres. Je ne me sentais pas seulement à l'écart, j'étais cet écart lui-même. Vaguement absent, désorienté, inhabile, déboussolé, inadapté, indécent par rapport au monde. Une curiosité, en quelque sorte. Un hapax. Tel que je l'observais déjà. Car je voyais bien que je n'étais pas tout à fait comme les autres, que je n'atteindrais jamais les autres, parce que les autres étaient inatteignables. Les jeux étaient faits. Et j'en voulais le plus à ceux qui m'aimaient le plus, à leur façon. Je leur en voulais de ce ratage préalable. Ce ratage inévitable. J'en ai certainement voulu à A comme j'en ai voulu à Cy, aujourd'hui. Et je me vengeais d'eux en les quittant.

Il est probable que j'ai imaginé que l'amour viendrait de ces lettres croisées (car j'en suis à l'initiative, il le dit), que c'était forcer ou impliquer l'amour que d'entreprendre de s'écrire l'un l'autre, qu'écrire était une ruse qui pouvait marcher, mais bien sûr ce n'est qu'une ruse qui marche quelques jours, quelques semaines. Mais ce fut sans doute, en tout cas les premières lettres, quelque chose de délicieux – ces premiers moments, si courts soient-ils, sauvent les moments sanglants.

C'était en tout cas la première fois que je proposais quelque chose de ce genre et il a dit oui. Une chose d'autant plus curieuse, comme j'ai dit, que les mots n'étaient pas quelque chose de familier pour moi. À la maison personne ne lisait, moi non plus. Si j'avais eu en main quelques livres, jamais je n'en avais lu un en entier, je ne crois pas, même si j'ai su lire très tôt. Personne ne m'offrait de livres, il n'y avait pas de bibliothèque à la maison, de bibliothèque accessible je veux dire, et je n'en avais pas la curiosité. Je ne commencerais de lire qu'à 16 ou 17 ans, Colette (*La Seconde*), Sollers (*Le Parc*, acheté au kiosque de la gare), Nerval (*Les Chimères*), Mme de La Fayette (*La Princesse de Clèves*), puis Baudelaire et Rimbaud (qui m'ont donné tant de mal). J'avais terriblement peur des mots, j'ai d'ailleurs toujours eu peur des mots (cette peur ne me quittera que beaucoup plus tard, après mon premier roman, *Cap Fréhel*). Mes rédactions, m'a dit récemment mon voisin de classe, étaient mallarméennes et mes dissertations philosophiques tout à fait bizarres, au point que le professeur me demandait de les expliquer. Je n'avais pour tout dire aucune expérience réelle de la lecture, a fortiori de l'écriture, à l'âge de 13 ans.

Il est assez troublant de voir que je n'ai alors jamais considéré (envisagé) A comme oriental. Ni par son visage ni par son nom. C'est aujourd'hui que la chose me saute aux yeux. Pour moi, c'était un garçon de nulle part comme moi et nous nous sommes rencontrés nulle part. C'était assez beau si ça n'avait été empoisonné. C'est aujourd'hui que je me dis que la solitude nous a rapprochés ou peut-être l'exil, que je me vois l'aimer à nouveau mais sans lui, définitivement sans lui.

Alors, me dira-t-on, qu'est-ce que je veux au juste ? Oh rien, des petits éclats (éclairs) d'amour fou, ça suffit. Je pense à l'un des derniers articles d'Aragon (peut-être même le dernier) dans *Les Lettres françaises*, il faudra que je le retrouve, une virée nocturne avec un camionneur, une des plus belles choses que j'aie lues dans ma vie, ça doit dater de 1972. Aragon disait qu'il était possible d'être fou d'amour sans vivre une histoire d'amour, et que d'ailleurs sa vie avait été fichue. Cette nuit-là était une nuit d'amour fou.

Probablement tout naît du regard. Parce que je m'attache à eux par le regard, un regard anormal, un regard fou, sans trop savoir pourquoi. Tout l'intérêt de ces garçons (et de ces filles), toutes ces correspondances au fil du temps viennent de là. Mais je n'en suis pas sûr du tout. Le Suisse, par exemple, je n'ai jamais été le chercher, jamais. Il me paraissait même encombrant. Peut-être faudrait-il tenir compte de l'abandon, de la mélancolie, de la solitude : j'attirerais ainsi des gens par une certaine disposition à les écouter, par un certain vide ou un certain flottement qui les porte à me parler. Ils n'espèrent pas en général, en tout cas les garçons, que je les aimerai et c'est pourtant ce qui se passe quelquefois, à leur corps défendant.

Car je ne sais rien de A, ni aujourd'hui ni avant. Je n'ai jamais rien su d'autre que ce qu'il dit dans ses lettres. C'est une drôle de chose qu'une classe d'école ou une classe d'âge quelle qu'elle soit, rassemblée arbitrairement. Dans mon collège, un agrégat de garçons (pas de filles à l'époque) réunis par hasard et qui allaient devoir vivre ensemble, en circuit fermé (car j'étais pensionnaire et A aussi) pendant sept ans parfois, à moins que tel ou tel ne redouble. Des petites bandes se forment, des sortes d'amitiés instables à trois, quatre ou cinq, mais des amitiés qui ne résisteront pas à la fin des classes, des gens qui finalement ne se connaîtront jamais. Et voilà que surgit une correspondance amoureuse entre deux garçons, qui ne sont pas de la même classe et que rien apparemment ne rapproche, sinon l'étrangeté. Ou la solitude. Voilà, lui et moi sommes nés très vite, très tôt, très jeunes de la solitude et c'est cette circonstance qui nous a attirés l'un vers l'autre.

Il a dû se passer des choses en France en 1958. Je n'étais au courant de rien, je ne savais rien, je n'avais jamais lu de ma vie, j'avais simplement été quelquefois au cinéma (assez tôt), j'avais vu quelques émissions à la télévision (mais on n'avait pas la télévision depuis très longtemps, peut-être un an ou deux), j'avais voyagé un peu mais jamais très loin, j'étais scout déjà, je crois. Je ne savais rien faire, d'ailleurs je ne faisais rien, j'étais très mauvais en classe (alors que mes classes primaires avaient été prodigieuses), je m'ennuyais de tout, tout m'était pénible. Mais de voir A a dû soudain m'émotionner (c'est un mot qu'il utilise lui-même dans ses lettres). C'était le début de l'été, nous devions nous connaître depuis quelques semaines (guère plus) et je lui ai demandé de m'écrire, je lui ai même proposé que nous nous écrivions chaque jour, c'est pourquoi ses lettres à lui sont précédées d'une sorte de préambule, comme si nous devions écrire un livre à deux (ce qui me paraît l'absolu de l'amour) ou que l'amour devait nécessairement passer par les mots.

Je ne suis pas jaloux, au sens où je ne remuerai pas ciel et terre, je n'entreprendrai rien, aucune manœuvre pour détruire quoi que ce soit ou rattraper quelqu'un qui s'éloigne. Je ne ferai rien de tout ça. Mais je suis jaloux des sentiments que je peux avoir pour un garçon ou de ceux qu'il peut avoir pour moi : quels que soient ses attachements par ailleurs, ces sentiments-là sont intouchables, on ne peut pas les diviser ou les entamer. Pour moi, en ce sens, c'est tout ou rien, et le plus souvent c'est rien.

Peut-être, au fond, ces regards si intenses ne visent-ils qu'à épuiser déjà la substance de l'amour jusqu'au dégoût, à l'écœurement, à l'abjection.

On dit parfois que la princesse de Clèves ne croyait pas que l'amour pouvait durer, qu'elle a préféré rompre avec le duc de Nemours plutôt que de voir l'idéal de l'amour s'effriter, se décomposer. Mais non, si elle fait tout pour empêcher l'amour, c'est qu'elle est elle-même un empêchement à l'amour, que l'amour pour elle est inimaginable, sinon dans ses premiers moments, ses premières étincelles, qu'elle n'y croit pas. L'amour, c'est d'abord une question de foi.

L'entrée dans la sexualité n'était vraiment pas mon sujet. Je me souviens que je devais avoir 10, 12 ans, on allait en promenade le jeudi, et on s'est retrouvés sur les bords du fleuve, il faisait assez chaud, j'étais avec un garçon de ma classe qui bandait tout le temps, il s'est mis nu devant moi sur le sable, je n'ai pas voulu le regarder, je me suis interdit de le regarder, en dépit de ses encouragements. Il a dû être déçu, c'était un sexe ambulant. Non, en 1958, ce qui m'intriguait prodigieusement, c'était l'entrée dans l'amour.

Car à l'époque, même si je me sentais différent depuis pas mal de temps, depuis l'âge de 7 ans peut-être, je m'imaginais naïvement qu'on pourrait m'aimer comme j'aimais. Que tout était possible, même si j'ignorais naturellement que la bisexualité à l'âge de 16 ans, et jusque bien après l'âge de 16 ans, est une chose fort répandue dans le monde, c'est une chose que le rapport Kinsey avait établie après la guerre et dont Freud avait parlé bien longtemps avant. Il faut dire que j'ignorais tout de la sexualité, sinon les interdits, et naturellement tout de la sexualité hétérosexuelle, des organes féminins et de la façon dont se font les enfants. À vrai dire, j'étais un drôle d'énergumène, dont l'apprentissage du monde était purement livresque et la connaissance des choses de la vie à peu près égale à zéro. C'est dans cet état d'esprit que j'étais en 1958. Je ne me rendais pas compte du caractère exceptionnel, c'est-à-dire déplorable (désastreux), de ma situation ou alors j'imaginais, comme je le fais encore aujourd'hui, que cette exception était une chose si extraordinaire qu'elle pouvait emporter tout le reste. Je faisais confiance et j'étais invariablement trompé.

Peut-être, en définitive, préféré-je les garçons hétérosexuels parce qu'ils sont précisément inaccessibles. Certainement pas par je ne sais quel surcroît de virilité, comme le croit Proust dans *Sodome et Gomorrhe*, ce n'est d'ailleurs pas par la sexualité qu'ils m'intéressent tant, c'est peut-être parce qu'ils ne savent pas, qu'ils ne peuvent pas aimer non plus. Pourtant cette amitié passionnée, charnelle, cette amitié désespérée entre deux garçons a existé dans le passé, on la voit chez Homère, on la voit dans le monde des chevaliers ou des clercs au Moyen Âge. Cette amitié-là était entière. Pourquoi ne fait-on pas l'éloge de l'amitié folle ? Pourquoi a-t-elle si brusquement disparu après Montaigne ? On en connaît en gros la raison, qui est la diffusion du mariage chrétien au XIIIe siècle. Ce genre de chose n'existe que si une société la porte, l'exalte, la sublime. La doctrine chrétienne a fait tellement de mal à la nature humaine.

Comme j'ai dit, je me méfie terriblement des mots. Même encore aujourd'hui. Il semble que ce sont les mots de l'amour qui divisent le plus, qui font capoter les choses. Les mots, qui me sont si nécessaires, sont un obstacle à l'amour. Car avec l'étudiant en biologie, celui qui n'avait pas de nom, les regards échangés ont duré sept ans et s'ils ont duré, c'est qu'il n'y avait pas d'obstacle majeur, c'est que d'une certaine façon ils m'étaient rendus, en tout cas ils étaient acceptés, et ils ont duré ainsi dans une transparence presque totale. Avec A, comme avec tant d'autres, presque tous les autres d'ailleurs, il y eut des mots, un temps plus ou moins long, et puis la rupture brutale, définitive. Avec Grisélidis, il y eut même des mots longtemps après la brouille, c'est peu dire que les mots divisent, ils signent la division irrémédiable.

Qu'est-ce qui bute à part les mots ? Ce ne sont pas des hommes qui me sont destinés a priori, et pourtant ils cherchent, ils sont aux aguets, ils sont intrigués, ils tournent autour, ils croient que peut-être, ils s'imaginent, ils tentent le coup. Bref, ils sont là sans y être. Ils veulent du sexe, je cherche l'amour : le malentendu est frontal. Mais ils ne le savent pas. La chose ressemble d'ailleurs tout à fait à une romance hétérote, tout y est, au baiser près. Et encore, le baiser place Blanche avec B, devant un café à la terrasse bondée, il y était. Le plus long baiser de l'histoire du cinéma de la place Blanche.

Avec en sus un doigt d'honneur de B à l'intention de tous ceux qui commençaient à s'agiter. Mais même avec un baiser ça ne suffit pas. C'était un entre-deux, un moment où ils étaient seuls, où ils s'ennuyaient, où ils étaient désorientés, que sais-je ? Voilà l'amour qui m'est destiné. Une sorte de grappillage. Même avec Cy, pourtant si tendre et même attentif. Rien rien rien. Il n'était pas amoureux, il était fraternel.

Et pourtant c'est le genre de garçons qui m'intriguent. Qui me plaisent, oui. Pas seulement parce qu'ils sont inaccessibles, mais parce qu'il y a en eux une pointe d'ambiguïté (d'illimité). Ils paraissent dégagés des règles ou des normes habituelles, peut-être même de toutes les normes, ils dansent sur la pointe des pieds, il y a en eux un extraordinaire sentiment de liberté. C'est cette légèreté qui me plaît. Ils paraissent suffisamment libres pour aimer n'importe quelle créature, quel que soit son sexe ou son âge, ne semblent déterminés par rien de précis, donnent l'illusion d'être ouverts à tout, même à l'impossible. Et moi je me jette à corps perdu dans ce genre d'impasse. Dernièrement, j'ai rencontré un jeune A de 31 ans, chasseur et forestier dans le Morvan. Je suis rentré à 200 à l'heure dans le panneau. Léger, fondant, brut, naturel, insouciant, etc. Il avait des mouvements de tête saccadés comme les pigeons, des mouvements que je n'avais jamais vus. Je n'y ai pas cru une seconde et j'y ai cru forcément. Je peux donc tomber amoureux de gens qui ne le savent pas ou à peine et ne le sauront jamais. En classe de mathématiques élémentaires, j'avais 17 ans, il y avait derrière moi un garçon assez sombre, beaucoup plus âgé, qui me renversait. Il ne m'a jamais regardé et pourtant j'y songe encore aujourd'hui. Ce qui me consterne.

Quand je dis que les mots sont des pièges terribles, je pense que A, que pourtant je trouvais beau, dont le charme me tenait, c'est précisément pour ce piège que je lui ai demandé de m'écrire ou plutôt que je lui ai proposé que nous nous écrivions de manière croisée, comme Aragon et Elsa le feraient. Peut-être me disais-je qu'il me resterait au moins les mots.

Mais est-ce qu'un limaçon a jamais aimé une girafe ? Et un singe hurleur une coccinelle ? Eh bien oui, quelquefois, la poésie le dit. C'est d'ailleurs pourquoi l'histoire avec A me plaît tant puisqu'elle traverse le temps. Le désir est intact. J'aime aujourd'hui l'image de quelqu'un qui n'existe plus (même s'il vit encore), le visage de quelqu'un que j'ai aimé autrefois, il y a plus de cinquante ans, et que je n'ai jamais revu, et je l'aime précisément parce qu'il se fixe éternellement dans son masque énigmatique : c'est l'image parfaite d'un amour qui défie le temps, d'un sarcophage rempli d'odeurs et de bijoux, d'un poison irrémédiable. J'aurais décidément dû devenir archéologue, quoique Winckelmann par exemple, si on en croit Casanova, préférât visiblement les jeunes garçons vivants aux ruines d'Herculanum.

Il y a en lui, dans ces différents portraits de l'époque, quelque chose de fatal, au sens à la fois de regard fatal et aussi, dans sa mélancolie, de fataliste, comme s'il croyait que les liens du cœur et les liens du monde ont quelque chose d'écrit de toute éternité. Sergio avait le même regard fatal. Je m'arrête aussi sur ce mot de « cœur » qu'il utilise si souvent, qu'on n'emploie plus aujourd'hui parce qu'il paraît bête, sentimental, etc. C'est dommage, parce qu'au XVIIIe siècle, par exemple, dans les romans libertins, et jusque chez Sade, à côté de tous les autres mots connus, il y a bien le mot « cœur » ou « âme » qui est son équivalent. Les tourments du cœur ou de l'âme, voilà qui n'intéresse plus nos contemporains. Voilà pourtant à quoi se résume A pour moi, aujourd'hui.

Je ne vois donc l'amour, aujourd'hui encore, que comme éclats, coupures, petits bouts de rien. Pas une suite, non, pas même un commencement. C'est pourquoi sans doute, à la fin de tout ce que j'écris, à la fin de chaque portrait, à la fin de chaque livre tout tombe en poussière. Il y a même un livre entier qui n'est que poussière et beauté. Pourquoi aussi j'ai usé tant de genres différents, de sujets différents, de tons différents, d'époques différentes : il fallait passer à autre chose, oublier au plus vite, casser tout. En ce sens, la provocation chez moi n'a évidemment rien de gratuit, elle est une façon comme toujours de pousser à bout, de forcer les choses, jusqu'à la haine, jusqu'à l'amour parfois.

Est-ce pudeur, crainte, souci de préserver l'ambiguïté à tout prix, ils ne diront pas « je t'aime », ou rarement. A est un de ceux qui ont été le plus loin. Avec B, un autre garçon que j'ai connu étudiant et avec qui j'ai eu très tard, à 25 ans, ma première relation charnelle, il y eut des lettres où apparaît le mot « amour ». Pas A, mais il en était proche. À vrai dire, ils en sont toujours proches, mais si proches qu'on ne sait pas réellement où ils sont. Grisélidis a prononcé souvent ce mot « amour » : est-ce que les femmes le prononcent plus facilement qu'un homme ? Probablement. Après tout je n'ai jamais dit « je t'aime » qu'à Sergio et récemment à Cy, mais le mot m'a toujours brûlé les lèvres.

Je reviens au bûcheron du Morvan. Cette sorte d'intimité naturelle, brutale, entière avec quelqu'un qui se donne dans sa simplicité (au sens de *simplex*, *semel*, un), je ne l'ai pas eue si souvent dans ma vie. Je me souviens par exemple d'un type qui élevait des chevaux en Auvergne, ou d'un jeune Rimbaud dans le train, devant moi, qui avait dû coucher dans le foin et qui avait une dent cassée, une autre fois de T.W., l'ami de Foucault, qui était venu me voir au journal, une autre fois encore de P, bien sûr, qui devait avoir 18 ans, et puis il y a quelques jours un autre A, le bûcheron donc. C'est quelque chose qui me touche beaucoup. Le garde-chasse de Lady Chatterley ? Oui, moins la puissance charnelle d'Alan Bates, avec je ne sais quoi d'ailé, je ne sais quelle plénitude d'enfance qui les porte avec aisance vers les autres. L'amour pour moi commence là.

Est-ce qu'un amour lave l'autre ? L'oublie, l'abandonne ? En oublie jusqu'à la moindre sensation ? Eh bien oui, tant il est vrai que l'un comme l'autre n'a d'autre réalité que chimérique : les êtres pour moi ne sont que des idées en l'air, des songes avant de s'endormir, des créations (créatures) nées de la folie. Une folie chasse l'autre, comme dans la lanterne magique.

De ces êtres irréels, il ne me reste que quelques-uns dans la pensée. Et si je les ai aimés tant soit peu, si j'ai jamais pu les aimer, c'est par l'extrémité du doigt, comme on voit dans la *Création du monde* de Michel-Ange le doigt de Dieu touchant, se séparant du doigt de l'homme. Et je suis sûr qu'ils voyaient (sentaient) en moi cette extrême difficulté d'aimer.

Ces lettres sont donc un témoignage unique, irremplaçable, écrit bleu sur blanc, en raccourci de ce qui devait m'arriver toute ma vie et dont j'ai tant de mal à comprendre les raisons. La lecture à l'époque de ces lettres ne pouvait pas m'en livrer la terrible teneur, je ne pouvais tenter de les comprendre réellement que cinquante ans après. Ce garçon oriental avait écrit sans le savoir le scénario amoureux de ma vie. Il avait bien raison d'avoir un regard fatal.

Et puis il y a encore ce puzzle, sur lequel il m'a fallu m'échiner des heures et des heures durant, pour découvrir un secret, le secret de mes amours ratées. Car je n'ai vu, à l'époque, dans cet amour que le retrait, la réserve, l'écartement, quand il y avait tant de douceur. Je dois d'ailleurs le reconnaître, les plus belles choses qu'on m'ait dites ou faites viennent de ces grands cœurs récalcitrants. Les lettres innombrables, d'abord, même si parfois on les a reniées, sinon oubliées. Et puis le baiser interminable de la place Blanche avec B. Ou encore avec Cy la déclaration d'amitié en plein banquet (la seule déclaration qu'on m'ait jamais faite) et une étreinte, une effusion où nos deux visages étaient accolés, incrustés, fondus par la moitié, en plein milieu du restaurant corse. Et puis les lettres de P que je recevais au Caire avec du sel dedans. Oui, tout ça était beau. À part Sergio qui venait d'un autre monde, la poésie à l'état brut et l'enfance aussi, j'ai rarement eu de plus belles preuves d'amour subit et sans remèdes. J'ai la chance de savoir de toute éternité qu'il faut saisir sa chance au vol, j'ai la chance d'avoir une intuition redoutable.

Entre tous ces éclats, il y a de tout, du travail, de la fatigue, des antibiotiques, des livres, du sexe noir, des voyages, de la routine. Entre tous ces éclats, il n'y a rien. C'est une vie en suspension dans le vide. Ce récit serait-il le journal d'un dépressif, façon Amiel ? Sauf que la dépression dure depuis toujours : la preuve, à 13 ans déjà. On peut naître déprimé ? Apparemment.

Je n'ai jamais embrassé A, ni le premier ni le second. Ni le garçon le long de la route. Ni P, à 17, 18 ou 20 ans. Ni Cy, sinon à demi. Ni le bûcheron du Morvan. Je n'ai embrassé presque aucun de mes grands amours, sauf Sergio et B place Blanche. Et pourtant j'ai beaucoup embrassé dans ma vie et parfois ça ne finissait pas, avec l'Américain par exemple, j'ai passé de bouche en bouche presque sans m'en apercevoir. J'ai écumé les bouches et je ne me souviens que de mes amours.

Marie Darrieussecq disait récemment que réécouter le journal intime de ses 13 ans enregistré au magnétophone avait été pénible et fascinant.

Elle a raison. Après plus de cinquante ans, j'en viens à relire ces lettres, à les lire enfin, avec énormément de difficulté, d'appréhension et parfois d'accablement. C'est un peu comme déchiffrer une vie qui ne serait pas la mienne, dont j'aurais tout oublié ou presque et dont je ne me souviendrais que lointainement, mais qui naturellement me touchait au plus près. Ce genre d'exploration, je n'en attends aucun bénéfice quel qu'il soit, ni de retrouver A, s'il lit jamais ce livre, ni de guérir de mes anomalies, ni de connaître enfin la sagesse. C'est tout simplement que je suis curieux de voir ce qu'à 13 ans j'avais imaginé comme stratagème pour être aimé. Je suis voyeur par passion et probablement être voyeur de soi-même comme ça, à distance lointaine, n'est-il qu'une autre façon d'aimer seul.

Je me souviens que Grisélidis, dans *Les Sphinx* je crois, me parlait du regard des gens, de cet instant terrible où elle leur disait qu'elle était prostituée, de cet imperceptible recul, de cette crispation, de ce moment de refus et d'éloignement quand elle leur disait ça. C'est ce moment-là que je ne pardonnerai jamais à ceux que j'ai aimés. Quand je dis qu'ils m'ont manqué, je veux dire qu'ils m'ont trahi, lâché, abandonné.

Autant que je peux me le rappeler, ce fut avec A une amitié toute simple, sans emballement amoureux (mais je n'en suis pas si sûr, tant il me trouble aujourd'hui par sa beauté), en tout cas sans trouble physique, mais qui a dû probablement me bouleverser. Non non, ce n'était pas une amitié qui ne sait pas qu'elle est une amitié, je suis tombé sous le charme ottoman. Mais c'est sans doute quelque chose qui s'est fait doucement, pas au point tout de même que je ne m'en aperçoive pas. Ce mélange bizarre qui m'a toujours surpris en Orient, en particulier au Caire, d'une infinie délicatesse (ne fût-ce que dans le parfum des hommes ou cette façon dont ils se tiennent par le petit doigt en marchant dans la rue) et d'une brutalité sans merci. Il y avait en lui une force qui m'a aimanté, une force qui venait du fond des âges. C'était pareil avec P, qui devait avoir 17 ou 18 ans, et que je comparais en moi-même à un aurochs de Lascaux. Donc on s'est regardés doucement, dans la cour de l'école, et c'est comme ça que tout a commencé.

J'ai connu différentes sortes d'amours intenses avec des garçons. 1) Les amours voyeurs, dont j'ai parlé ailleurs : celui que je n'approche pas, que je n'ai d'ailleurs aucune intention d'approcher, sous aucun prétexte, mais que je regarde trop parce qu'il est là : sur le bateau, par exemple, à heures fixes, j'ai regardé certains garçons de cette façon, des garçons que ça énervait considérablement ou qui finissaient par s'en foutre, mais pas toujours. Il y en a pour qui cette reconnaissance de leur beauté ou de leur attraction a quelque chose d'assez gratifiant et qui finissent assez vite par l'accepter, sans chercher davantage. 2) Les amours qui vous cherchent parce qu'ils sont intrigués ou qu'ils ont besoin de vous ou qu'ils s'ennuient, à vrai dire on ne sait pas très bien pourquoi, et si on se monte le bourrichon, on est fichu. Ce sont les pires. 3) Les amours compliqués, plus ou moins réciproques et orageux. Ils sont extrêmement touchants quelle que soit la sexualité réelle du garçon, mais c'est toujours pareil, je ne peux pas *tenir l'amour*, je ne peux pas vivre à deux, être à côté, dormir à côté, j'étouffe, j'ai besoin de respirer et je retourne vivre seul. Mais l'amour reste quand même, on ne sait pas pourquoi. Ce fut le cas avec Sergio, peut-être avec Cy. 4) Et puis il y a les anciens amours qui ne disparaissent jamais vraiment, il y a quelques appels mystérieux tout au long de l'année, des années durant, et comme le répondeur est branché en permanence, on ne laisse pas de messages. 5) Il y aurait même un cas encore plus étrange, les amours qui auraient pu avoir lieu et qui n'ont pas eu lieu, et qui plusieurs années après réapparaissent. Ils n'ont pas oublié que l'amour n'a pas eu lieu et l'amour n'a pas lieu davantage à présent. Tous ces amours en effet forment une constellation de passes imaginaires.

Je me souviens d'une chose à propos de P et des lettres qu'il m'envoyait au Caire. J'apprenais un rôle de théâtre le soir, le long du Nil, avec l'enveloppe d'une de ses lettres froissée dans la main, en pleurant. Je pensais que si je pleurais toutes les larmes de mon corps en me souvenant de P, je serais plus à même de jouer Beckett dans *La Dernière Bande*, pièce pour un homme seul.

J'appartiens à un temps (un monde) où on s'écrivait par la poste. Avec un crayon, un stylo, n'importe quoi. C'était probablement plus intime et moins intimidant qu'un mail (du moins j'imagine, car je n'ai pas d'ordinateur). Le rapport charnel commençait là. Quelquefois dans les enveloppes il y avait des choses étranges, je pense par exemple à cet avion plié que m'a envoyé un jour Michel Butor ou à ce dessin à l'encre de Chine, rempli de taches, de Michel Nedjar ou à ces morceaux d'algues, ces grains de sel que m'envoyait P au Caire. A m'écrivait sur des cahiers d'écolier, sur des pages arrachées. La lettre était quelque chose de soi à soi, on faisait des mots, on les formait soi-même, on choisissait la couleur (P est ainsi passé du noir au bleu et d'un moment de sa vie à l'autre), on donnait son écriture. Donne-t-on aujourd'hui son écriture ? On donne des mots et on les donne souvent à n'importe qui, au hasard. Et puis les lettres se gardaient, on pouvait les perdre aussi ou les renvoyer, moi je les gardais. Celles de A en particulier.

Lui (Sergio) m'a écrit un jour quelque chose de magnifique (qu'il ne m'aurait peut-être pas dit), alors qu'il n'arrêtait pas de baisoter près du canal, à Stalingrad : « Tu es le seul. » Il est rare que dans le cours d'une vie on entende des choses aussi belles.

Je n'aimerais pas relire mes propres lettres, à A ou à quiconque. Je ne relirai jamais les lettres que B m'a rendues, il est le seul à l'avoir fait. Je ne me suis d'ailleurs jamais regardé (ou réécouté) dans les multiples émissions que j'ai pu faire ici ou là. Ce qui m'intéresse ici est différent, c'est saisir à des années-lumière ce qui a pu se passer entre A et moi, pourquoi les choses ont capoté alors qu'il me plaisait tant, quel est l'infime détail qui a tout fait capoter, quel est le scénario qui a dicté toute ma vie amoureuse depuis, quelle est cette chose si douloureuse que je ne pouvais pas supporter et à laquelle je préférais la rupture, tout aussi douloureuse du reste ? Peut-être la lettre déchirée est-elle au cœur des choses, peut-être pas. Car je sentais bien sa douceur d'aimer.

Probablement ai-je entretenu moi-même avec énergie, avec ténacité, avec opiniâtreté l'ambiguïté de mes sentiments pour A, l'ambiguïté d'un au-delà de la lettre, juste pour avoir d'autres lettres. J'aimais qu'on m'écrive (A dit même qu'il m'écrivait parce qu'il sentait que j'en avais besoin) et beaucoup m'ont écrit. La lettre était un éloignement, mais aussi un lien tendre, amoureux. Même les plus petits mots de Cy m'ont plu, d'ailleurs il n'envoie que des petits mots. L'absence de lettres me désole, aujourd'hui on écrit beaucoup moins, ça n'a plus beaucoup de sens d'écrire apparemment. Ce solipsisme de la vie se retrouve aussi là. On parle seul, on rit seul, on aime seul, on mange seul, on dort seul, on meurt seul, on baise seul, on voyage seul, on écrit seul.

Qu'est-ce que les mots de l'amour quand l'amour est fini ? C'est de la poussière, du temps à l'état pur. Mais ces lettres disent autre chose : quoi qu'on fasse, quoi qu'on dise, cet amour a eu lieu. Et ça, c'est d'une force inouïe. La preuve est au passé et le passé est irréfutable. Ces lettres ne se détachent plus de l'amour, elles y sont cruellement attachées : cet amour n'a pas pu ne pas être. C'est un atout considérable pour ceux qui se demandent s'ils ont rêvé tout ça, pour ceux qui seraient tentés de renier tout ça. Ces lettres ont tissé quelque chose entre lui et moi, entre elles et moi : je les ai incorporées, je suis un peu elles, elles sont un peu moi. C'est probablement ce qui définit le mieux la lettre d'amour. Je voudrais être à la hauteur de ces lettres, tellement plus belles que ce que j'ai jamais pu lui écrire. Je n'ai fait que les inspirer, mais c'est lui qui les a écrites.

Ce regard que je porte sur les autres, ce regard particulier est le plus souvent, pratiquement toujours, un regard de désir. Mais je suis attentif à leurs mots, quand je les écoute, quand je les lis.

Lire les autres, pour moi, c'est les voir tels qu'ils se donnent à vous en écrivant, en vous écrivant. Et malgré les masques ou les subterfuges, on lit quelqu'un plus que quelque chose. Pas seulement son corps ou ses désirs, quelqu'un entièrement. À son insu, naturellement. L'écriture ne triche pas (c'est une erreur de le croire). Lire, c'est donc déchiffrer, c'est une relation amoureuse d'un autre genre : comprendre la mécanique d'un individu, c'est pourquoi la lecture est si passionnante, c'est d'ailleurs pour moi son seul et unique intérêt.

Probablement ces lettres m'ont empêché de vivre l'amour, elles ont même fini par le détruire, mais elles me semblaient tellement préférables à l'amour. L'amour, on ne sait jamais comment s'en débrouiller, puisqu'il n'a pas de mots. Ce sont les mots de l'amour, mais avant tout ce sont des mots. Et les mots parfois font rêver à l'amour.

Je vois bien qu'incorporer toutes ces lettres à ma substance, c'est demander tout à l'amour. C'est une prise de possession absolue. Peut-être est-ce ce que je demande à l'amour de pouvoir le digérer comme un ogre ou d'être digéré par lui. La seule chose au fond qui me désespère, puisque je n'y parviens jamais. On se fout en l'air à relire tout ça. Comme si votre vie s'écroulait sur vous et que vous soyez enseveli par l'oubli, par l'inutilité des choses, la poussière du temps. C'est un éboulement, un grand éboulement en effet.

Non, les lettres de A ne sont pas simplement des lettres d'amitié. Elles ont été voulues, demandées, acceptées, elles ont fait l'objet d'un contrat préalable, sinon on ne comprendrait pas qu'elles soient précédées de ce préambule qui servait surtout à demander en retour la discrétion. C'était un contrat à l'amiable qui officialisait presque la correspondance et l'autorisait plus facilement : comment sinon écrire à un garçon du collège sans que cela passe aussitôt pour une déclaration d'amour ? Ce contrat permettait l'ambiguïté de notre relation, il la rendait plus légère, plus libre aussi. C'était une très bonne idée.

On devrait pouvoir lire dans ces lettres plus ou moins quotidiennes ce qui se passait entre les lettres, car bien sûr je continuais de voir A dans la cour, je continuais de lui parler, d'ailleurs je suppose qu'il ne s'est rien passé de particulier, aucun tiers n'est intervenu ni parmi les élèves ni parmi les professeurs, elles n'ont jamais été découvertes, sauf une qui a été volée et que je n'ai pas. Mais d'autres choses sont intervenues que rapporte en particulier la lettre déchirée du 14 juin, et puis des choses entre nous. On y apprendra donc des choses infimes, entre autres comment un garçon de 16 ans pouvait parler d'amour à un garçon de 13 ans dans les années 1950, comment ces mots ont précipité leur liaison en quelques jours, en quelques semaines, comment peut-être le malentendu s'est produit ou comment l'amour n'avait aucune chance de survie et comment on pouvait dire ça dans une langue si différente de la nôtre, plus proche des années d'avant-guerre, où toute la rhétorique était empruntée aux morceaux choisis ou aux dictées, en ignorant superbement la plupart des choses importantes de la littérature du XXe siècle et le reste.

La poussière, c'est du temps qui passe. Et le temps qui passe m'envahit, il envahit le temps perdu. La poussière est encore dans le passé, elle parle du passé et en même temps elle est là, sous mes yeux, parfois même en gros flocons. La poussière est dans les interstices, entre le passé qui m'obsède et le futur qu'il va bien falloir conjurer. Pour moi qui aspire à une telle suspension des choses dans le temps, à une telle fascination de ce qui est perdu, la poussière représente la seule trace, le seul mouvement du temps. Les lettres de A ne sont que de la poussière qui voltige parfois.

De ces lettres que j'ai reçues dans ma vie, j'aurais aimé tout publier, j'aurais aimé le leur demander. Certains sont morts, d'autres se sont éloignés, d'autres sont perdus de vue. Quelques-uns, une poignée, sont encore vivants. Toutes ces lettres en petits tas que je n'ai jamais relues sont des traces devenues mortes, presque anonymes. Je n'ai gardé d'eux, de leur identité, de leur corps si cher qu'une initiale dans ce récit, au point qu'ils en sont irreconnaissables. Qu'ils me pardonnent de les avoir aimés à ce point. De tas en tas une vie se fait et se refait. Un jour, me disais-je, je remonterais le fleuve. Ce jour est arrivé, ce sont les lettres de A.

Toutes les lettres ont une fin, mais on peut toujours les lire à rebours.

Saint-Evremond écrivait à son cher Créqui, vers 1670 : « De tous les liens celui de l'amitié est le seul qui me soit doux, et n'était la honte qu'on ne répondît pas à la mienne, j'aimerais par le plaisir d'aimer, quand on ne m'aimerait pas. » Le mot « amitié » n'est pas ici substitué au mot « amour », pour des raisons de convenance ou de discrétion. Je crois que Saint-Evremond aimait réellement (sincèrement) d'amitié plus que d'amour, même s'il n'aimait que des garçons.

Car « il n'est pas toujours besoin de la jouissance des voluptés », dit-il encore dans la même lettre. Les mots suffisent. Les mots disent l'éloignement, le seul à seul, la jouissance de ne pas. Les mots sont parfois à eux seuls objets d'amour. Ces lettres ne m'empêchent pas de trouver de l'agrément dans un baiser, elles sont une autre forme de baiser, un baiser implicite.

On m'écrivait beaucoup, j'écrivais peu. Je regardais. On a probablement pris ce regard amoureux pour de l'amour, mais ce n'était qu'un regard amoureux (un regard de désir). Aujourd'hui restent les lettres. Ces lettres sont d'une certaine façon à l'interstice entre le regard amoureux et l'amour. C'est un malentendu qui dure.

Voici la cendre, le sédiment, le dépôt de leur amour. De ce qui fut peut-être un jour le nôtre. J'avais sans doute besoin de ces lettres retrouvées en guise de prétexte à écrire sur la mort de l'amour, sur l'amour défunt, sur son corps mort. Je serais le scoliaste de leur amour. Lettres trouvées, lettres mortes : voici ce qu'elles laissent dans leur amour disjoint.

Je les ai relues d'un coup, leurs réponses manquaient. J'avais déjà tendance à prendre la place vacante, celle d'à côté, la place du mort. Je serais à jamais celui que les mots des autres dévoileraient, feraient apparaître, rendraient visible, celui à qui on parlerait à la deuxième personne, à qui on signifierait l'amour et le manque d'amour, celui qui serait choisi ou pas, presque une ombre. À ce « je » lointain répondait un « tu » distant, qui regardait les choses se faire, qui attendait peut-être déjà le désastre, qui savait en tout cas, j'en suis certain, que tout ça n'aurait pas de suite parce qu'il était impossible qu'il en soit autrement. Le Voyeur est le seul à fabriquer de l'amour impossible, vertigineux, magnifique. Mais ce qui est magnifique, ici, dans l'été 58, c'est que je le savais un peu.

Quels que soient mon intérêt, ma passion, mon désir pour A et pour cette histoire, peut-être ne puis-je écrire que comme ça, dans les décombres de l'amour, quand l'amour est passé comme un orage il y a longtemps, qu'il n'en reste rien que des algues noires ou du sel.

Comment nous transmettions-nous ces lettres ? Je ne crois pas qu'il y ait eu de cache secrète, trop imprudent. Je suppose tout simplement que nous nous les donnions de la main à la main, pendant la récréation. J'allais dans la cour des grands qui m'était interdite, c'est pourquoi un jour j'ai écopé de cent lignes. Mais les lettres disent déjà, dès le début, que j'avais le sentiment injustifié que l'amour commençait à manquer, que je n'étais pas sûr de l'amour et que j'en demandais des preuves et encore des preuves, que la jalousie ou l'incertitude était trop forte. Nous nous voyions moins et même si nous nous voyions moins je souffrais autant.

Je me rends compte aujourd'hui comme autrefois certainement à quel point il y avait un monde entre lui et moi, entre sa simplicité lumineuse et le petit théâtre compliqué, extravagant et opaque (obscur) de mon esprit. C'était un peu l'assemblage de l'eau et du feu, une étrange combustion et pourtant nous nous aimions, je crois.

Le contrat, en tout cas l'accord entre nous, à ma demande, dit-il, devait être de s'écrire tous les jours, sans doute jusqu'aux vacances. Mais une lettre manque, celle du 15 juin 58. On me l'aurait volée délibérément, C pour être précis, un garçon de ma classe qui me pourchassait et me détestait. A en avait pris le risque, il en connaissait aussi le risque. C'est pourquoi ces lettres doivent, comme celles de Cyrano de Bergerac, être lues entre les lignes, déchiffrées avec leurs ambiguïtés ou leurs équivoques (en ce sens, en effet, A est allé aussi loin que possible dans l'aveu de l'amour). Même si elles ne sont pas aussi élaborées que celles de Cyrano qui avait quand même 20 ans et plus quand il les a écrites à ses amants. Mais l'esprit pointu de Cyrano vient de là aussi, le jeu des masques comme le jeu des mots.

A dit un moment dans ses lettres avoir passé son enfance dans le Midi, loin des grisailles de la ville où nous étions. Mais j'ai regardé dans un dictionnaire provençal, aucun nom commun ne rappelle son nom et je n'arrive pas à me faire à l'idée qu'avec son regard noir et ses airs mélancoliques il ait pu être d'origine française.

Je ne sais pas pourquoi, quand je pense à A et à moi, j'écoute ce couple merveilleux de chanteurs noirs aveugles dont j'ai oublié le nom et le pays, et je pleure de tendresse. Ça y est, je viens de retrouver leur nom (Amadou & Mariam) et leur pays (le Mali). Ils sont si beaux et ils ne se voient pas.

Et quand je relis ces lettres, je me dis, mais pourquoi ai-je quitté un garçon comme ça si beau, si doux, si mélancolique ? Pourquoi, mais tout simplement parce que je ne pouvais pas faire autrement. L'amitié comme la rupture de l'amitié, c'est du pareil au même, parce que c'était lui parce que c'était moi. Ne jamais transiger sur l'absolu du sentiment, voilà la règle.

À relire ces lettres, je me rends compte encore d'une chose, c'est que j'ai toujours demandé beaucoup, beaucoup trop à mes amis, sans leur rendre je crois la pareille. Je les ai toujours sollicités pour ci, pour ça, à l'époque de A c'était pour ces fichus problèmes de physique ou de chimie (la chimie était ma bête noire, plus encore que la physique). Je n'arrêtais pas de le tarabuster, de le parasiter, de demander des preuves supplémentaires d'amitié. Et il le faisait gentiment. Si j'ai toujours eu le sentiment dans ma vie d'être parasité, c'est aussi, je m'en rends compte aujourd'hui, que j'ai moi-même beaucoup parasité, et même piraté, et même vampirisé les autres. C'est probablement ça, la mécanique de la vie.

A m'aimait-il *au sens figuré*, expression que j'ai trouvée dans une correspondance de jeunesse qui m'avait été confiée ? Non, je crois qu'il m'aimait entièrement, même s'il le disait à mots couverts, et que cela lui embrouillait un peu la tête et peut-être le cœur. Peut-être était-ce la première fois qu'il avait un désir de ce genre pour un garçon et il en était troublé, mais les vacances à La Franqui ont vite balayé tout ça, c'est ce que j'ai compris dans les dernières lettres.

Babu est un Indien du Pendjab, à la frontière du Pakistan, qui est venu vivre à Paris. Il avait 33 ans quand il est mort électrocuté sur les rails du métro, à la station Crimée, pour avoir apparemment voulu défendre une femme qui se faisait voler son iPhone par un Égyptien de 22 ans. Son visage me rappelle celui de A.

Cette constellation d'amours me fait penser encore à Giordano Bruno, à ce « monde infini de soleils » dont nous ne serions qu'un fragment, un éclat, une trace infime. Mon ciel (ma vie) est rempli de cette poussière d'étoiles mortes.

Ces garçons que je recherche, j'aime leur silence. Je bavarde je bavarde je bavarde, ils se taisent. Il n'y a rien de plus magnétique que le silence. C'est un curieux mélange, en fait, que je recherche. Quelque chose à la fois de brut, de simple, d'entier et en même temps de fin, de subtil, de délicat. En ce sens, Cy serait parfait, sous ses airs de conspirateur inspiré. Mais surtout je recherche la folie, qui est la façon la plus simple d'être libre. Toutes les femmes, tous les hommes auxquels je me suis attaché avaient quelque chose de fou. Quand cette dimension disparaissait, je les quittais.

Je reviens à Mme de La Fayette. Voici ce qu'écrit Sollers dans son *Éloge de l'infini*. Première phrase : «*La Princesse de Clèves* doit son succès inébranlable à la description de l'amour impossible.» Tout est dit, c'est parfait. Je sais bien que toute l'œuvre de Sollers vient contredire cette idée de «passion impossible», mais enfin c'est bien ça. Passion impossible ne veut pas dire triste (chagrine, larmoyante, dramatique), désenchantée, nihiliste. C'est un romantisme noir ou plutôt (on est en 1678) un tragique sec. C'est presque une donnée mathématique. L'absence de Dieu est du même ordre. Ce roman, dit-il encore, est «le chef-d'œuvre brûlant et sombre du sacrifice et de la renonciation». Oui oui, mais de dire (de soutenir) que Dieu n'existe pas, est-ce du sacrifice et de la renonciation ? Je crois que c'est le roman de l'absence de foi ou plutôt le roman d'une femme qui désespérément aimerait croire, voudrait croire à l'amour et qui n'y parvient pas. La princesse de Clèves est une athée de l'amour. Il ne s'agit donc pas, contrairement à ce que croit Sollers (antienne qui lui est chère), de masochisme féminin, il s'agit d'un constat de nullité. Il y a une contre-nature en l'homme qui l'empêche d'aimer, en tout cas pour certains, peut-être les plus radicaux ou les moins accommodants. « Le désir demeure désir inaccompli », en effet. En ce sens, la princesse de Clèves ne refuse pas le désir, elle le connaît, elle s'y soumet. Elle ne refuse pas non plus le bonheur, le bonheur n'existe pas. Et c'est une petite révolution, en 1678, que de dire ça. On devrait pouvoir aujourd'hui encore affronter cette idée en face. Ne parlons pas du bonheur de Dieu, qui est une double imposture. Mon histoire avec A, en 1958, résume à peu près la chose, comme toutes les histoires de ma vie. Ce n'est pas pour rien si mon livre de chevet, quatre ans plus tard (à 17 ans), était *La Princesse de Clèves*, qui pour moi aujourd'hui encore est indépassable.

Aujourd'hui les gens sont en retrait, ironiques, à distance d'eux-mêmes. Puissance de l'image et des représentations : où sont-ils ? Nulle part. Ce que j'aime, c'est tout le contraire, c'est la naïveté, la puissance de la naïveté. Que le moi soit là, dans toute sa fulgurance, ses heurts, ses discontinuités, ses désarrois, ses fureurs, ses contradictions, ses passions diverses. Cette naïveté, c'est une forme d'entièreté, mais toujours prête à se rompre.

Jean-Philippe Rossignol, dans son beau livre *Vie électrique*, cite Genet : « Pas d'amis. Surtout pas d'amis : un ennemi déclaré mais non déchiré. Net, sans faille. De quelles couleurs ? Du vert très tendre comme une cerise au violet effervescent. Sa taille ? Entre nous, qu'il se présente à moi d'homme à homme. Pas d'ami. Je cherche un ennemi défaillant, venant à la capitulation » (*L'Ennemi déclaré*). Que dire d'autre ?

Je retrouve aujourd'hui une note écrite il y a longtemps, quand je préparais mon livre *Bi* (1996), à propos de Cy. Cy a beau être poète, c'est un hétéro pur sucre qui a aussi d'autres désirs. En gros, sucer un homme et se faire enculer par un homme. Du sexe lourd. Et à sens unique. Il a une attirance, dit-il, pour les hommes âgés (enfin plus âgés que lui), pas les garçons fragiles, trop jeunes, délicats, féminins. Des types qui ont de l'assise, que la vie a un peu abîmés, qui savent des choses, qui ont de l'autorité, où il y a une parcelle d'intelligence. Il n'aime de ces aînés que le cerveau et la queue. Moins il y a de délicatesse, plus il y a de virilité, c'est mathématique. Les types peuvent être repoussants, négligés, ivrognes, etc., il faut surmonter l'épreuve et trouver le plaisir. Il veut un homme, quel qu'il soit, même pédé : vérité de l'homme, fausseté de l'homme, il se satisfait des apparences. L'affectation, l'élégance, la propreté le rebutent. Pour lui une relation de ce genre ne peut pas faire une liaison, ce ne peut être qu'un moment romanesque et fantasmatique. Et son espace, la backroom. Il ne peut pas vivre avec un homme et probablement pas être amoureux d'un homme. Détachement absolu. C'est une idée en l'air qui peut se réaliser à l'occasion et qui est repoussée indéfiniment. Il ne désire rien, il désire être désiré, être une proie. Il n'aurait pas l'impression de s'offrir, mais de capter quelque chose du mec qui l'encule. De capter sa virilité. Mais qui peut désirer Cy, sinon des pédés ? La virilité n'est que du semblant, il s'en fout.

Voilà un des schémas types du bisexuel avec lequel je n'ai strictement rien à faire, parce que si je l'aime il ne m'aime pas, si je ne l'aime pas je préfère un pédé, il y a plus de magnétisme, d'abandon, de tendresse et même de liberté. Mais enfin, quel que soit le scénario, on comprend que la liaison entre un hétéro et un pédé soit un malentendu parfait. Il peut y avoir du sexe, il peut y avoir de l'amitié, mais jamais une amitié charnelle comme il arrivait parfois à ces chevaliers du haut Moyen Âge dont parle Georges Duby (*Mâle Moyen Âge*), pour qui la femme était un leurre entre deux hommes. Cette segmentation du lien sexuel, du lien du mariage et du lien de l'amitié dans nos sociétés actuelles est une des choses les plus déprimantes qui soient. J'allais presque dire qu'il n'y a rien, qu'il ne peut rien y avoir d'héroïque dans l'amitié aujourd'hui. C'est-à-dire une part d'infini. Cy est un mec normal, ultranormal et donc très décevant de ce point de vue. Heureusement que je suis revenu du vertige de Cy. Ce qui prouve au moins une chose, c'est que je ne suis pas masochiste, même si la souffrance en effet est au cœur de mon dispositif.

« Romantique incurable » ? Foutaises ! J'appartiens à une époque bavarde, idéaliste et révolue, dit une femme stupide que je ne connais pas, mais la vie n'est pas née avec elle.

J'ai toujours pensé que pour un hétérosexuel, l'amour avec un pédé était une chance. Et qu'ils ne savaient pas la saisir. La chance de leur vie peut-être, ils ne savent pas. Qu'auraient-ils appris ? Que l'homosexualité, et de façon définitive, n'est pas de l'ordre de la conjugalité et du familialisme, mais du côté de la fraternité, de la bande, du nomadisme, de la noirceur, de l'oubli.

Le souci de Cy toute sa vie fut de tuer le père, il n'en a jamais fini de tuer le père, mais on n'existe pas en s'échinant à tuer désespérément tous les pères de la création, on devient père très vite, très tôt en résistant à la haine des autres, en constatant leur amour manqué, en restant seul sans postérité.

Étudiant le *Portrait de George Dyer dans un miroir* (1968) de Francis Bacon, Jonathan Littell écrit: «C'est l'incapacité de Dyer à s'imposer au regard de son amant comme un individu à aimer plutôt que comme un double à peindre qui l'a poussé au suicide» (*Triptyque. Trois études sur Francis Bacon*). C'est une jolie construction, mais on ne s'impose jamais au regard de quiconque comme individu à aimer, on est aimé ou pas. Sinon on entre dans un autre domaine, le sadomasochisme, qui est une sorte de physique du désespoir et qui n'a jamais de fin.

Encore *La Princesse de Clèves*. «L'impossible, c'est mieux, écrit Sollers. Le refus de jouir est plus électrisant que l'acte.» C'est là où Sollers saute une marche ou dérape ou ne comprend pas. Il est possible en effet que le refus de jouir soit plus électrisant que l'acte, mais jouir n'est pas, n'a jamais été le souci de la princesse de Clèves. Son souci, c'est d'aimer. On est en 1678. Le libertinage a eu lieu il y a longtemps, au début du siècle, avec Théophile entre autres, puis un peu plus tard autour de Cyrano, mais c'est fini. Aujourd'hui, c'est Racine, c'est Fénelon et Mme Guyon, c'est Bossuet, c'est la Sévigné. Il y a bien Bussy-Rabutin, mais il est en exil. Saint-Evremond aussi, d'ailleurs. « Les aventures du non sont plus excitantes que celles du oui. » C'est vrai, mais le non à l'amour, les obstacles, les subtilités du discours indirect, le voyeurisme de part et d'autre, tout ça ne dit-il pas que Mme de Clèves est elle-même devant un vide qui s'appelle l'amour. Et qu'elle ne peut rien faire. « La mort même est préférable à l'abandon d'un plaisir solitaire si vif qu'il ne saurait que s'amoindrir dans l'action. » La mort ? Oui, la mort de l'amour, à peine pressenti, à peine rendu. « L'amour est une chose incommode », écrivait Mme de La Fayette à Ménage (garçon selon toute vraisemblance amoureux des garçons, lui aussi). Incommode ? Dont on ne peut s'accommoder plutôt. Dont on ne peut rien faire. L'amour est infaisable.

Alain Finkielkraut analyse finement, dans *Et si l'amour durait*, l'aveu de Mme de Clèves à son mari de ses sentiments pour Nemours, lequel n'est pas nommé mais assiste à la scène caché derrière une palissade. « Le "je l'aime" auquel il (Nemours) assiste subrepticement rend improbable sinon impossible le "je vous aime" auquel il aspire. » C'est précisément par cette situation romanesque assez extravagante qu'on passe en effet du « je l'aime » à un impossible « je t'aime » : il a fallu pour ça une théâtralisation irréaliste, sinon baroque, pour qu'on en vienne à ce constat sans appel. Il y a bien inclination, et rien après. L'amour ne vient pas, ne suit pas. L'amour est une aporie.

L'amitié (l'amour) de A était là, c'est indéniable dans les premières lettres. Dans l'enclos (l'espace clos) du collège, l'amitié se voulait telle contre les autres, les camarades, les professeurs en soutane, les surveillants pénitentiaires. Et puis avec les vacances, l'air du large à La Franqui, les bals la nuit, l'envie de partir seul en Vespa, l'amour s'est progressivement effacé, volatilisé (évanoui, évaporé) dans la lumière du Sud. Il ne tenait plus à rien, ne résistait plus à rien, n'avait plus de raison d'être. Il s'était échappé.

Il y a une défaite de la volonté devant l'apparition de l'amour. À la fin de l'amour, il y a un indiscutable besoin de saccager, d'humilier, de tuer, avant d'oublier. Voilà les deux seuls termes de l'amour que je connaisse : avant, après. Entre les deux l'amour n'a pas eu lieu.

Qu'est-ce que je demandais au juste à cette amitié avec A ? Qu'elle soit charnelle ? Peut-être, mais l'amitié est toujours charnelle, enfin l'amitié telle que l'entendait Montaigne (même et surtout s'il n'a pas couché avec La Boétie). J'ai connu avec B, cet ami étudiant, une amitié assez longue, simple, confiante et poétique, qui a donné lieu à une correspondance volumineuse dont je n'ai gardé naturellement que ses lettres. Il avait toute une série d'aventures avec des filles, qui ne me gênaient pas du tout (je ne lui ai jamais connu d'aventures avec un garçon). Cette amitié n'était pas du tout minée par le désir, mais elle s'est finie précisément une nuit de juin, dans la forêt, par une brève et intense liaison sexuelle entre nous. Sans doute n'y avait-il pas réellement d'amour, l'amitié n'y a pas résisté. Non, ce que je voulais avec A, c'était une entièreté de l'amitié, autrement dit une amitié qui ne soit pas, comme si souvent je l'ai connu (en particulier avec le Suisse), un tremplin, une zone de transit, une échappée vers l'amour ailleurs : on se donne, en somme, de l'énergie pour pouvoir faire le saut vers le monde (en réalité, c'est moi qui faisais tout le travail). L'amitié que je voulais devait être pleine et suffisante entre lui et moi. Ce ne devait pas être un agrégat conjoncturel, un copinage de circonstance pour avoir enfin le courage d'affronter l'amour au-dehors. L'amitié que j'ai connue avec A, je dois bien en convenir, n'était pas l'amour, mais plutôt l'expression d'un manque, le sentiment exalté qui se développe par exemple en prison et qu'on oublie en sortant. Genet a magnifiquement raconté tout ça. Je me rends compte que j'ai toujours été, au fond, sans que je le sache ou que je le veuille, le *go-between* des hétéros incertains, en perdition ou en union libre, le *correspondant* de garçons perdus qui, pour une raison ou pour une autre, cherchaient un confident à leur détresse.

Si A n'est plus qu'une image, Cy, lui, est bien vivant. Une fois, une seule fois, il y a quelques jours, nous avons fait l'amour de façon inattendue. C'était doux, m'a-t-il dit. Avec de petits baisers vifs, mais des baisers quand même. Je lui ai dit : « Je t'aime », il me disait : « Tu me fais bander. » Il venait d'avoir un chagrin d'amour avec une fille, il était mélancolique. Elle voulait tout, il ne pouvait rien, rien que des flirts sans conséquences, des histoires mort-nées, toujours les mêmes. Moi, je n'avais pas d'autre amour comme autrefois dans la vallée, mon amour, c'était lui. Mais il m'est si difficile de mêler le sexe et l'amour, si difficile : l'un intimide l'autre, l'un massacre l'autre. Mais non, ce fut un essai, une ébauche infiniment légère, poétique, délicate, comme on ne peut la trouver qu'avec un hétéro parfois. Ça semblait quelque chose d'unique, j'avais l'impression qu'on inventait l'amour. Il me reste une noix qu'il m'a donnée, il a gardé l'autre. Ce qui a fait le lien le plus doux entre le sexe et l'amour, ce furent paradoxalement les mots. Entre pédés il n'y a jamais de mots, jamais. Peut-être a-t-il été déçu que je ne lui aie pas cassé le cul. Mais non. Il s'est endormi entre mes bras, comme s'il m'aimait.

C'est entendu, Cy est un voyou, il n'y a pas à revenir là-dessus. Mais il y a en lui un tel désir, une telle détresse, une telle douceur animale, un tel abandon que je ne pouvais que l'aimer malgré moi. Tellement nu, là, avec moi, tellement obscur. Cy aura été sans doute un des grands amours de ma vie, mais il faut bien se résoudre à penser que dans ce cas, comme dans bien d'autres, le verbe « aimer » ne signifie presque plus rien.

Après Cy que j'ai aimé en désespoir de cause et que je ne reverrai sans doute jamais, je n'envisage plus l'avenir, je n'ai plus la force de l'avenir.

Oui, j'aimais (j'ai aimé) malgré moi ces garçons qui ne pouvaient pas toujours m'aimer, je voulais les tordre jusqu'à moi, les forcer à l'amour, mais je n'y parvenais jamais. Ce qui m'attirait ? Comme j'ai dit, ils me paraissaient plus libres, plus flottants, pas obnubilés par le sexe (comme les pédés), plus aventureux, avec des dégagements dans le regard, avec des désirs ailleurs (peu importe), avec je ne sais quelle facilité à sauter à pieds joints. C'étaient des sortes de poètes de la vie qui me feraient du mal.

Dans ce magnifique texte que j'ai retrouvé, intitulé « La Valse des adieux » et qui clôt l'aventure des *Lettres françaises*, le 11 octobre 1972, Aragon évoque entre autres sa rencontre inopinée, hasardeuse, amoureuse, joueuse dans un bistro des Halles, non loin de la pointe Saint-Eustache, avec un grand gaillard blond dans sa blouse à mille raies bleu et blanc, casque à mèche et fouet qu'il tenait comme s'il y avait encore des chevaux dans le quartier des Halles, lequel le fit monter dans son camion bleu dans la direction improbable de

Fontainebleau. Et puis le casque à mèche s'arrête brutalement dans la nuit, «J'ai une de ces envies de pisser, ça va être le déluge ! », et Aragon saute du camion bleu pour aller se terrer (se cacher) dans un fourré. «J'ai envie de la solitude», dit-il. Il ajoute : « Il a passé pas très loin de moi, j'entendais sa respiration, puis ça lui a pris comme une rage. Après tout, si ça te chante ! » Et puis le silence, la splendeur du silence. On voit passer Nerval et Weber. « Ah Dieu des enfers ! je perds ma belle vieillesse à vouloir expliquer quoi que ce soit aux gens. Tour à tour leur disant que rien n'est qu'un rêve, ou soudain, tout au contraire que les rêves mêmes sont le monde où nous vivons la vie, en un mot, cette chienne de vie. À qui est-ce que j'essaie ainsi de donner le change ? Aux autres ou à moi-même ? Ni à eux ni à moi. Mais à ce qui est devant nous tous, *à l'inévitable.* » Et encore : « Rien n'est plus normal au bout du compte que la douleur. L'étrange est parfois qu'on l'oublie. »

Ceci encore d'Abû-Nûwas (v. 757-v. 815), « l'homme aux longs cheveux bouclés » comme on l'appelait, le plus célèbre poète arabe de l'époque abbasside : « En moi se cache, sur la route des amants, un chasseur, guetteur solitaire. – Et quand un bien-aimé vient à passer par là, il ne m'apporte que la ruine. – Si, par jeu, je lui parle, de mes yeux déjà la convoitise l'assassine. – Aucune vice ne vient altérer son parfum. Mais l'agrément est-il un vice ? »

Peut-on effacer l'amour ? Ce n'est pas nécessaire de le vouloir, l'amour s'efface de lui-même un jour, brutalement, comme une évidence. Il ne m'a finalement jamais aimé, il n'a pensé qu'à lui-même, il n'avait de l'amour qu'une conception hygiénique ou pratique ou distraite, au choix, il pensait à sa carrière, il ne pensait à rien, il n'a jamais aimé de sa vie, il ne sait même pas ce que c'est qu'aimer, etc. Voilà les données du constat. Et un jour, pour peu qu'on ne le revoie jamais et qu'on ne veuille surtout jamais le revoir, tout est fini.

Et puis j'ai retrouvé Cy. Cy me sauvera-t-il de A et de ses sortilèges ? Échappe-t-on à son destin de réprouvé ? Je me promène avec Cy sur les quais de la Seine. On s'embrasse longtemps. Il est 2 heures du matin et je ne sais pas, toujours pas si on peut aimer à ce point. La nuit, l'amour, comme sur les bords du Nil. Mais non, rien de tout ça n'est vrai, j'ai tout inventé, comme toujours. Tant pis.

Octobre 2011.

Post-scriptum

Cinq mois ont passé. J'ai voulu revoir une fois encore Cy, presque un coup de force. Il m'avait dit quelque temps plus tôt au téléphone que cette brève liaison, dont il avait pourtant « tellement envie », était une erreur. Ces garçons ont l'art de décliner les amabilités. A ne m'a rien dit de semblable, puisque j'ai coupé court à la rentrée des classes, mais il aurait pu lui aussi parler de méprise ou espérer qu'on ne se revoie jamais. D'autres l'ont fait pour lui, la lâcheté des mâles est incommensurable. À vrai dire, je ne sais pas très bien comment interpréter cette « erreur » : soit Cy a été déçu, ce que je ne crois pas réellement, soit il a été repris en main par les femmes, le chœur des femmes qui tournent autour de lui. Ah, ces femmes en embuscade ! Des vigies, des sentinelles ! Il tournait la tête vers elles, toujours, peut-être par crainte de sa passion. Alors oui, plutôt que l'amour, on préfère généralement laisser faire, laisser aller la vie, laquelle en général reste où elle est.

Car ce qu'il y a de singulier avec les garçons bisexuels, c'est qu'à un moment ou un autre surgit une femme – et parfois plusieurs. Sa grâce, sa distinction, je sais qu'il ne la doit en réalité qu'à elle ou à une autre, mais enfin elle est de trop pour moi (je ne veux pas du tout l'effacer, mais je ne tiens pas à la connaître, le couple à trois me paraissant une hérésie). Au fond, moi qui cherche une amitié romantique, totale (je veux dire une entièreté du cœur plus que de temps ou d'espace) et pas du tout une « délectation morbide », comme on pourrait croire, je suis soudain rapporté, avec l'intrusion d'une femme, à quelque chose qui me fait horreur : le *familialisme*. Je suis un errant et je me vois soudain invité à dormir dans la chambre d'ami. J'ai toujours pensé que la seule affection réelle et durable et excitante d'un hétéro va à un autre hétéro : c'est la bisexualité parfaite (voir *Brokeback Mountain*). Avec un pédé, il y a une distorsion, un décrochage, une culbute : on ne peut plus jouer ou affecter (simuler) l'affection virile ou sexuelle, il faut entrer dans l'amour, comme avec une femme, mais différemment d'avec une femme. C'est un territoire inconnu, un peu effrayant et qui borde la folie. C'est un amour en miroir, un amour illimité. On comprend pourquoi les femmes, si attentives au moindre signe de désarroi, veillent à ramener les hommes inconstants dans le sein maternel.

L'entrée en amour, l'entrée en désamour : j'ai le sentiment que pour moi c'est la même porte et que je franchis *en même temps* les deux entrées. Pas l'une avant l'autre, ni l'une après l'autre, mais en même temps. Comme si, quand je faisais un pas dans l'amour, j'allais mourir dans l'amour.

Un ami, ce n'est pas seulement celui qui nous aime, c'est celui qui nous aime plus que les autres : « Tu es le seul », disait Sergio. Qui ai-je été pour A ou pour Cy ou pour le Suisse ou pour les autres ? Un fantasme sexuel ? Un illuminé ? Une monstrueuse anomalie ? Une muraille de Chine ? Plutôt que de ne pas s'étonner quand l'amour advient, pourquoi ne pas s'interroger sur le malentendu de l'amour ? Pourquoi aimais-je toujours en désespoir de cause ? C'est d'autant plus obscur que je ne peux pas aimer quelqu'un qui ne m'aime pas, que je ne fais jamais le premier pas (je fais le dernier). Est-ce que je suis fou au point de me tromper toujours ? Il faut donc que j'en arrive à cette conclusion : ils ne m'aiment pas *de la façon* dont je les aime. J'ai bâti une illusion d'amour dans mon imagination et cette attraction qu'ils ont eue pour moi, à un moment donné, porte un autre nom que l'amour, un nom que je ne connais pas et qui peut-être ne m'intéresse pas. J'ai connu toute ma vie, depuis les lettres de A, un malentendu de ce genre. Alors, toujours, dans ces cas-là, je me retire – doucement, sans fracas. La rencontre a eu lieu, elle n'a pas eu lieu. Rideau. Autant certainement ils ne comprenaient pas ce qui se passait avant, autant ils comprennent encore moins ce qui se passe maintenant. Jamais au diapason.

Je lis le bel essai d'André Comte-Sponville sur l'amour hétérosexuel, à mille lieues pourtant de mon sujet. Il l'appelle bizarrement *Le Sexe ni la mort*. Cette formule, finalement très gidienne, signifie sans doute que l'amour est un entre-deux. Je vois plutôt l'amour comme une extrémité de la vie, pas comme un mur mitoyen.

L'alternative en tout cas, pour lui, est soit l'amour-passion, qui conduit à la mort, soit le mariage, la vie à deux, l'union libre, enfin ce qu'on voudra, car les nuances sont infimes. Eh bien, je dois dire que je connais autre chose : des passions qui se réduisent à rien, à de brèves flambées inabouties, à des liaisons sans suite, à des amours décomposées. Je reste *en deçà*, par maladresse, impuissance, « inappropriation », comme on dit outre-Atlantique. Je ne connais que des sentiments amoureux qui voyagent.

À un moment, il écrit : « Imaginez quelqu'un qui n'aimerait rien ni personne » ou encore « quelqu'un qui serait incapable d'aimer », comme une conjecture farfelue, une aporie philosophique, un jeu de l'imagination. Il ne s'y arrête pas. Tout le livre part du postulat inverse : l'amour advient, l'amour commence. C'est dommage. Dieu n'est pourtant pas pour lui une hypothèse satisfaisante pour l'esprit, alors pourquoi l'amour ? D'ailleurs, même l'amour pour Dieu n'est-il pas foncièrement solitaire ? « L'amour, dit-il, est sans doute ce qui en l'homme ressemble le plus à Dieu, et qui nous en a donné l'idée peut-être, et pour les athées ce qui en tient lieu. » Eh bien, non ! Comte-Sponville a titré son livre *Le Sexe ni la mort*, je dirais pour ma part *Dieu ni l'amour*. Je n'ai pas besoin que l'amour me tienne lieu d'autre chose, puisque je le tiens lui-même pour rien. Voilà où j'en suis. Je suis un athée athéiste, plutôt qu'un athée croyant.

Il dit encore une chose surprenante et qui est peut-être juste : « Une humanité masculine n'aurait jamais inventé l'amour. » Ce qui signifie que, me trouvant à l'écart des femmes, dans un rapport d'homme à homme, l'amour ne m'est pas accessible, ne me sera jamais accessible. Pourquoi ? À cause de l'incomplétude ? À cause de l'inconnaissance ? Il ne le dit pas. Croit-il réellement qu'entre deux femmes il y ait trop d'amour ? Et entre deux hommes pas d'amour du tout ?

Et ceci : « Comment pourrait-on se connaître si l'on vivait absolument seul ? » Peut-être cette impossibilité d'aimer vient-elle de là, de vivre absolument seul, depuis toujours. Non pas à force de s'aimer soi, mais plutôt de ne pas pouvoir, de ne pas savoir imaginer l'autre. « Qui te connaît bien ? » me demandait un jour Cy, assez mystérieusement. « Qui est-ce que je connais bien ? » aurais-je dû lui répondre, mais je me suis tu. Qui aurais-je aimé connaître à ce moment-là, sinon lui, sans avoir jamais la possibilité de le faire ?

Mais joindre le sexe à la passion, voilà le hic. Quand Cy est aimé et s'en plaint (« Notre extrême volupté a quelque air de gémissement et de plainte », dit Montaigne, *Essais*, II, 20), quand j'aime qu'il se plaigne et que je m'entends l'aimer. Quand on n'est pas au diapason de la volupté ou de la furie (qui est souvent la mécanique du plaisir), mais dans la curiosité, dans l'invention de l'amour (de son amour). Quand cela me bouleverse et me fait chialer. Avez-vous déjà fait l'amour en chialant ? Je me dis pourtant que l'amour, l'amour tel que je l'imagine, fût-il sans jouissance, c'est ça. L'infini de l'amour, tel que je voudrais le connaître.

Assez bizarrement pour nous, Xénophon dans le *Banquet* (VIII, 21), dit que l'amant (l'éraste) avait infiniment plus de part que l'aimé (l'éromène) à la jouissance des corps : « Un garçon, d'ailleurs, dit-il, ne participe pas comme une femme aux voluptés amoureuses d'un homme, mais il reste le spectateur à jeun de son ivresse sensuelle. » J'avais l'impression, avec Cy, exactement du contraire.

Je l'ai aimé comme un fou et sans doute ne le sait-il pas. Il a fait l'amour avec lui-même. Même si en effet j'étais quelqu'un de singulier pour lui, même si je faisais partie de son histoire, même si dans cette brève aventure, à ce qu'il dit, nous avons pu grandir ensemble.

Comte-Sponville, un moment, cite Sartre (*L'Être et le Néant*) disant que « le désir est à l'origine de son propre échec en tant qu'il est désir de *prendre* et de *s'approprier* ». Mais je ne vois pas les choses comme ça, je parlerais plutôt de *croire* : croire en soi comme à l'autre, au désir comme à l'amour, à la réalité des choses comme à Dieu. C'est bien de foi que je parle – et que je n'ai pas. Je me souviens qu'à Montréal, c'était le début de l'automne, il faisait doux, j'étais assis sur un banc à la tombée du jour dans un parc. Il y avait des écureuils roux qui sautaient, je crois aussi que deux garçons s'embrassaient dans l'herbe, des gens faisaient du tai-chi, seuls, et je les regardais. Je regardais ce moment sans rien faire, je n'envisageais rien, rien d'autre que ce moment pour rien. C'est la seule foi que je connaisse.

Montaigne, à propos de son amitié pour La Boétie : « Cette parfaite amitié de quoi je parle est indivisible : chacun se donne si entier à son ami qu'il ne lui reste rien à départir ailleurs » (*Essais*, I, 28). Telle est l'amitié parfaite, la « souveraine et maîtresse amitié » que Montaigne a connue, qui a existé pour lui, qui n'est donc pas une chimère. Sans dimension d'infini, il n'y a ni amour ni amitié. Il n'y a que du train-train.

Comte-Sponville cite une jolie phrase d'Aristote (*Éthique à Nicomaque*, VIII, I) : « Sans amis, personne ne choisirait de vivre. » C'est vrai, et si j'ai choisi de vivre, c'est pour mes amis, mes amants imaginaires. Ceux que j'ai aimés (et qui m'ont aimé parfois, plus ou moins longuement) par l'imagination, même si nous avons fait l'amour ensemble quelquefois. Au fond, j'ai passé ma vie à imaginer la vie. En pleurant souvent, les larmes sont douces, c'est même la seule douceur de l'amour.

Mars 2012.

2

Lettres de A

À Jean-Luc

Cher Ami

Lire dans les yeux ne vaut pas mieux que lire dans le cœur. Celui-ci ne peut s'exprimer que par une seule façon : écrire.

Aussi je veux t'écrire par des lettres qui viendront le plus souvent du plus profond du cœur. As-tu simplement la bonté de ne montrer ces petits mots à personne ? Qui veux-tu qu'ils intéressent si ce n'est que nous deux ! J'écris pour toi, pour ton cœur qui est ouvert, j'écris pour te montrer ce que je ressens.

À Jean-Luc, je ne puis rien cacher, et je souhaite te montrer que mon amitié est aussi grande que la tienne.

A

*

Le 12.06.58.

Mon cher Ami

Dignes sont ces mots que ta plume avec légèreté et grâce éparpille dans mon cœur comme une flamme dévorante.

Dignes ont été ces questions qui veulent voir le fond de l'abîme, bousculant au plus profond de mon être mensonges et jalousie.

Digne est cette amitié qui s'envole dans les cœurs, les prend, s'en empare fébrilement, leur donne l'aspect de deux oiseaux inoffensifs, les entraîne dans un tourbillon sensible et plein de charme pour montrer que l'amitié est belle et grande.

Dignes encore seraient beaucoup de choses, car j'ai l'esprit allègre, j'ai le cœur parfois embrouillé et parfois si ouvert que mes 16 ans peuvent y contenir ; j'ai aussi une âme exaltée qui me donne la sensation de n'être plus moi-même, aussi il est digne que je t'ouvre mon cœur ou que je vous ouvre mon cœur. Vous choisirez, mon cher Jean-Luc, celle qui vous convient le mieux.

Donc cœur ouvert je m'élance, le sentier est embrouillé et ma plume n'arrive pas bien à rédiger ce que je ressens. J'ouvre si peu mon cœur que broussailles, épines grossières, fleurs matinales multicolores en ont pris l'entrée et maintenant il m'est difficile d'arracher, de placer, d'exprimer ce que le monde m'a offert en moi.

La vie ne m'apporte pas que des joies, loin de là, mais celles-ci se lisent d'une manière enfantine sur mon visage, elles débordent de mon cœur pour réjouir mes yeux, si gais quand je te vois, pour réjouir tout mon être qui ne demande qu'à obéir à mon cœur. Au contraire, déceptions sont les clés de la serrure, douleurs sont l'envahisseur qui chasse la joie, contradictions sont choses qui tendent à briser le bon goût et à ouvrir le pas à un cœur fermé, insensible, qui peut arriver à être même lâche. Mais que m'avais-tu fait ? Quel tourment troublait ton âme pour être abandonné ainsi dans de profondes ténèbres ?

À midi, quelle que soit l'heure ou plus exactement à 13 h 30, tu m'avais dit que l'amitié allait se briser pour une photo, photo de journal souillée par les quatre vents qui représentait Jane Mansfield. Est-ce là la base d'une amitié ? Était-ce là se nommer bons copains ? Et tout cela parce que je l'avais prêtée à quelqu'un, un quelqu'un qui voulait peut-être te narguer en te la montrant de loin ? Je ne sais mais enfin je trouve cela presque ridicule, peut-être avais-tu raison. Aussi j'ai consulté mon cœur et comme je ne peux le consulter sans être triste, j'ai sinistrement boudé. Car c'est dans la tristesse que je réfléchis le mieux, quand je veux voir autre chose que ce qui m'entoure, je me replie sur moi-même et je pense. Les idées s'enchaînent, me montrant dans l'espace le point où je me trouve, et de là je vois mon passé, je le compare à mon présent et je tire des conclusions pour le futur. Après quoi je me remets dans la joie, te taquinant après m'avoir taquiné, te posant une colle après m'en avoir posé une. Caractère changeant, tel est l'adjectif le plus typique de mon caractère.

Cœur ouvert je continue, mais où veux-tu que j'en vienne ? Parler de nos charmants éducateurs qui tendent à nous dissocier ? Je ne dis rien de tout cela car prudence est mère de la sûreté, et si par malheur tu te faisais prendre ce papier, qu'adviendrait-il ? Ce que tu penses, je le pense moi aussi, alors pourquoi l'écrire, laissons Colin ou plutôt Frère Colin avec ses suppositions absurdes, lui qui ne fume pas, lui qui ne mange pas, pardon, je me suis trompé, je voulais dire lui qui ne boit pas. Bientôt ça va ressembler à la chanson de Davy Crockett. Tu as rêvé « mon chou » un rêve sentimental comme je les aime et qui s'empare parfois de mon esprit quand celui-ci vogue par-dessus les nuits noires, mais quand même la mort de quatre personnes est trop forte pour deux cœurs, les rêves sont ainsi, ils n'ont pas de mesure et la douceur frôle la cruauté, mais faut-il que je m'introduise dans ce rêve ? Y a-t-il une part d'A sous la forme d'Henri ? Je te laisse le soin de me répondre, est-ce encore le fruit d'une trahison ? Est-ce un présage ?

Je ne sais, mais je devine.

Au revoir mon cher Jean-Luc, mais dis-toi bien que la trahison n'est pas connue de moi.

A

*

À Jean-Luc

Le 13.06.58.

Mon Cher Ami

Les ténèbres noires de la nuit se sont envolées et je n'ai pas rêvé.

Je voulais comme toi me bercer d'illusions dramatiques, illusions où l'amour est un feu dévorant avec tout ce qu'il a de surprenant, de fantastique, d'irréel même, j'entrevoyais quatre morts. Non, j'ai horreur, quatre personnes, quatre morts, n'est-ce pas trop pour deux cœurs ? Moi je voyais quelque chose de plus doux : fête de leur... tu choisiras ce que tu voudras : deuxième anniversaire de leur enfant, fête de leur cousine, bal masqué, en fait quelque chose de gai et pas sinistre. Mais si au moins j'avais rêvé !

Je te dis cela parce que ce matin j'ai l'esprit calme et, quand celui-ci est calme, l'idée ne me vient jamais de le troubler. Rends-toi compte, « mon chou », si l'agitation avait atteint mon imagination, il y aurait eu au moins dix morts avec les petits frères d'Henri, la bonne de Jane, sa cousine, sa tante. Ne me considère pas cruel, le cœur du rossignol peut devenir un cœur d'aigle. Il ne lui manquera que la force de saisir, d'abattre, d'immoler, sa douce poésie deviendra un doux courroux qui abreuvera la terre d'un sang fumant et innocent. Les oiseaux chanteront, un gémira, et sa plainte ne sera entendue par personne, pas même par le vent qui éteindra ces gémissements cruels et monotones.

Cruauté mène le monde, diras-tu, cruauté mène les cœurs. Mais je ne suis pas cruel, je suis sentimental. Les sentiments sont pour moi des brûlures qui viennent à tout instant ronger ma raison, je les sens trop pour y rester insensible, que faire contre des attaquants qui à chaque instant viennent percer ton cœur ? Et surtout dans tes lettres ne me parle point d'un C ou d'un autre semblable, surtout ne me blesse pas en doutant de moi-même ? Je doute tout seul, alors laisse les histoires des autres, laisse-les avec leurs calomnies. Tu sais combien est grande notre amitié, chante donc, si tu savais combien j'adore t'entendre chanter.

A

*

[La lettre déchirée]

Le 14 juin.

Cher Ami

Que dire à ton cœur rebelle ! Que dire à un cœur qui est dégoûté ! Et tu t'en vas ce soir, et tu as un grand ami !...

Est-ce à cause de moi que [ta] plainte se montre dévorante ? Est-ce parce que je t'ai trouvé un jour dans une cour sur mon passage que ta vie a pris une sinistre apparence ?

Te voir ainsi m'accable, je sens ta haine qui plane devant moi me briser. [...] Je vois disparaître ce sourire... ce sourire que j'aime tant.

Tu vois, moi aussi je suis dans une impasse, parce que j'ai une grande amitié pour toi j'écris. Tu m'as dit d'écrire, je m'exécute car je vois que tu en as besoin. Aussi je me dépêche un petit peu, mais dis-toi bien que c'est le geste qui compte et pas la forme qui puisse se dégager.

Ô que ton cœur est sensible ! Ô que ton cœur est durci, et tu oses dire que tu es une loque, tu oses te décourager devant le sort, devant tes camarades de classe et je ris... Tel est le verbe que tu trouves le mieux pour caractériser ma personne. Je ris parce qu'on te traite de « fille ». Je ris parce qu'on emploie des expressions absurdes et cela te blesse.

Il faut bien tout de même que je garde un aspect potable. Mais sais-tu ce qui se passe dans mon cœur ?

À toi à qui j'ouvre mon cœur, je vais te le dire, [...] et tel le doux miel qui se fait souiller par la mouche, telle la fleur multicolore que le vent casse sur le sol, mon cœur s'abaisse. Le vent est ces paroles qui sortent des bouches ignobles, les mouches sont ces paroles qui viennent comme ça et qui s'en reviennent, laissant dans le cœur une sinistre impression.

*

À Jean-Luc

Le 16.06.58.

Cher Ami

As-tu bien profité de la splendeur de ce dimanche ? Je sais que ton visage n'en fait aucun doute, gracieux, radieux, étincelant, sournois, beaucoup de qualificatifs qui semblent soustraire ton chagrin, mon cher ami. Et tu étais si triste !

Quand je relis ta charmante lettre de samedi pleine de cœur et si déchirante, je me dis que les malheurs s'envolent aussi rapidement que les joies, il suffit d'un peu de volonté et le reste n'est que la brise vaincue par la fierté de l'arbre vigoureux, une fleur qui se fane sous le ciel ardent... encore beaucoup de choses qui ne reviennent pas, le malheur est partout et pourtant il n'est nulle part. Que peut-on appeler précisément le malheur ? Une feuille volée, des lettres dérobées, un coup de malchance à une composition ?

Oh, tout cela est théorique, car moi plus que les autres je me laisse abattre, d'ailleurs tu connais très bien mon caractère changeant, et celui-ci n'est pas apte à faire de la morale comme je suis en train de le faire en ce moment. Mais quand même je ne veux pas que tu trouves dans le vol de mes lettres un signe du malheur ! D'ailleurs il n'y a rien de vicieux comme l'aurait tant aimé ton ravisseur, simplement notre cœur retransmis sur le papier. Déjà pas mal diras-tu, nos impressions sont personnelles, elles font s'unir notre amitié, elles soignent notre style. Mais combien sont fréquentes ces impressions !

Tout le monde a besoin d'écrire ce qu'il pense et de penser à ce qu'il écrit comme moi, il y a eu un génie qui a su transmettre mieux que moi ce que je ressens, un génie dont je suis seulement une feuille prête à tomber, alors ton ravisseur n'a qu'à prendre un morceau choisi à la page de Chateaubriand et il lira comme il a lu ce que j'ai écrit. Qu'il te donne mes loques, il trouvera ridicules mes impressions comparées à celles d'un génie, à moins qu'il n'ait pas de cœur ! Non, tout homme a du cœur et peut le montrer.

Au revoir, mon cher Jean-Luc, et toi qui n'aimes pas Gilbert Bécaud, souviens-toi d'un de ses titres « Si si si la vie est belle ! » À demain.

A

*

À Jean-Luc

Le 17.06.58.

Mon Cher Ami

Nous sommes exactement le 17, mais quand liras-tu ce petit mot ? Chez toi, alors que le collège sera déjà un passé qui aura tendance à s'estomper, dans le train qui t'emmènera vers la délivrance que tu souhaites tant dans ta dernière lettre. J'écris pour le jour où tes yeux oseront se pencher vers moi ; tu seras heureux ce jour-là, A ne pourra plus te causer d'ennuis, car Dieu sait combien j'ai pu t'en causer ! Ils sont grands,

grands, trop grands pour un cœur sensible comme le tien.

Et pourtant tu es mon ami. Ô ami ! Que ce mot est bizarre, il semble simple et pourtant je le trouve si compliqué, on dirait quelque chose d'indéfinissable qui à chaque moment s'enfonce de plus en plus au fond de l'humanité. Ô ami ! Que ce mot semble être poursuivi par les défauts humains. La jalousie, l'orgueil, la curiosité le maltraitent, le ridiculisent et le cœur reçoit, reçoit toujours, renfermant dans son sang ce genre de mal qui malheureusement agit...

Tu es heureux en ce moment, je le devine, alors oublie tous les malheurs que j'ai pu te donner. Tu es loin du collège, pardonne-moi, personne ne peut dire en cet instant que tu es un gosse de 8 ans, personne, pas même un lâche, pas même un curieux ne viendra au-dessus de ta tête lire ce qui ne peut guère l'intéresser. Personne ne viendra troubler ton bonheur.

Dans cette cour dans laquelle tu marches encore et qui ne sera bientôt qu'une vision de l'esprit, je serai encore là, oh ! je ne dis pas cela pour me plaindre, simplement pour garder une semaine de plus que toi cet esprit contradictoire que provoque en moi la vue des soutanes noires. Ils sont bons à donner au cœur un dégoût profond et sincère. Tout cela pour te dire que moi je devrai encore rester ici. Notre amitié se promènera vers les routes de La Charité (Jean-Luc) et viendra aboutir dans un morne endroit (A).

Pour le moment notre amitié n'est qu'une amitié où se cache le triste fond de quelques murs qui forment une grande chose. Grande chose en perspective menée aux quatre vents par une horloge folle comme aujourd'hui, menée par le sifflet et la contrainte. Oh, quelle grande chose ! Un champ vert inspire davantage de bon sens, de joies, de qualités que cette cour où se traîne la calomnie toujours prête à mordre.

Et le monde est ainsi ! Si tu trouves que mon cœur se contredit à mes apparences, dis-toi bien que le cœur n'est pas atteint, mais les apparences le sont. Il faut néanmoins se laisser entraîner par telle attitude que l'on voit par-ci, par-là, tel langage qui n'est que l'écho sonore d'une autre voix, tels défauts qui viennent crever le sourire évangélique pour laisser un sourire jaloux. Il faut s'adapter, car les apparences ne sont que des apparences.

Cache-toi aussi ces mots qui peuvent trahir nos idées, qui peuvent attirer des ennuis. C ne sera plus là pour t'enivrer de ses menaces, mais il y a l'imprévu. Un imprévu qui a peut-être besoin d'être surveillé et qui a peut-être une tendance vers le jaune et comme ce papier est jaune...

Au revoir, mon cher Jean-Luc, et n'oublie pas trop.

A

*

À Jean-Luc

Le 18.06.58.

Mon Cher Ami

Que de rares fois maintenant je te vois sur la cour ! Je vois au loin ton ombre qui s'estompe derrière un jeu de dames. Une ombre que pendant les grandes vacances je vais chercher en vain, mais qui sera toujours présente dans mon âme. L'ombre de l'amitié, en somme.

Que de rares fois j'ai pu te dire ces derniers jours ce que je pense ! Seul mon rendez-vous coutumier avec toi dans cette lettre peut faire dévoiler une apparence allègre surmontée d'un cœur en détresse. Non aujourd'hui je ne suis pas triste. La tristesse vient à ses heures et mes rêves voguent de-ci de-là pétillants, pensant à de belles plages.

Ah, si tu pouvais venir dans le Midi ! Tu verrais un pays où la mer donne une liberté si extensive que les murs du collège paraîtraient une pince qui tord pour enlever le reste de vie idéale que le cœur peut ressentir. Tu viendrais sur la plage avec moi et tu verrais au soleil éblouissant la vie bouillante qui sème la joie et le bonheur. Le soir, après souper, sous la brise fraîche de la mer, tu écouterais à la terrasse d'un café la voix harmonieuse de Dalida, et les amoureux danseraient au clair de lune, donnant au monde la sérénité de vivre. Tu regarderais apaisé cette scène charmante, au fond les vagues tapant contre les rochers donneraient à ton âme tourmentée la paix douce et belle.

Charmant tableau de la Méditerranée ! Tableau qui revient sans cesse dans mes rêves ! Tableau qui me donne avec toi un esprit large et serein ! Si c'était possible ! Si au fond de mon âme mon rêve devenait réalité, si je te voyais sur la plage, debout, cherchant un disque pour enrayer la monotonie de la nuit, pour ne pas interrompre la danse langoureuse de ceux qui viennent chercher la liberté, si c'était vrai !

Mais mon rêve n'est qu'un rêve. Il retombe dans l'oubli, aussi je veux que tu saches que je rêve parfois ainsi dans la plénitude de mon âme grâce à toi, paisiblement, doucement, gentiment.

Quand tu liras cela peut-être tu seras dans le train, des champs verts défileront devant toi, le bruit des rails te balancera, et mes mots chantant la mer s'envoleront loin, bien loin, ne donnant dans ton cœur que le souffle d'un désir.

Ah, qu'est-ce que j'écris mal aujourd'hui ! Et tu te plains de mal former tes lettres. Ne te plains pas car il faudrait que je me désole. J'écris si mal. J'espère que tu arrives quand même à déchiffrer.

Soleil couchant, l'air frais et plein de grâce, je termine mon petit bavardage en te disant, n'importe où où tu sois en ce moment, un petit bonjour qui te rappellera le souvenir de ton ami.

A

*

À Jean-Luc

Le 19.06.58.

Cher Ami

Je ne sais encore si je vais rester longtemps dans le Centre pendant les grandes vacances, mais j'ai la folle impression de m'évader. Loin, bien loin, je me sentirai peut-être plus à l'aise, la mer qui me parcourt toujours m'appelle et elle voudrait tant t'inviter, toi qui n'as fait encore jamais connaissance avec la Méditerranée. Elle est si bleue, si douce à écouter le soir, rengaine, diras-tu, mais rengaine qui berce et qui adoucit, mais surtout qui ne doit pas te fâcher. Je n'aime pas te voir en colère, la colère est un sursaut du cœur, si tu n'es plus maître de ton cœur tu ne seras plus maître de notre amitié malgré les ennuis, les erreurs que je peux te faire.

Au fond, pardonne-moi maintenant puisque tu es loin de moi.

Je m'en vais début juillet, parents, petit frère et moi nous partons, tu vois la scène. Là-bas ma liberté va s'étendre comme un parfum qui se répand de la jolie rose des bois, mais je ne pourrai t'oublier, sur les galets dorés la vie battra, les jours passeront, les semaines aussi. Mois de juillet, tu auras disparu, alors mes parents remonteront, mais moi que ferai-je ?

J'ai le désir ardent de rester là-bas, j'accompagnerai mon oncle dans ses voyages, là je verrai les artistes qui pourront discuter avec moi, après tu dis que je te cache tout, rien rien je ne te cache, même pas mes pensées, mais ceci n'est qu'imaginaire car est-ce possible ? Et toi, si tu pouvais venir faire un tour dans le Midi ? Bien sûr, il y a les parents qui empêchent des projets délicats, mais dans le fond ils ont raison, garder leur fils est leur principale ressource et leur principale difficulté.

Adieux.

A

*

À Jean-Luc

Le 20.06.58.

Cher Ami

Simplement un petit mot aujourd'hui car Mme la Malchance règne sur notre personne, n'excitons pas cette étrange dame car elle pourrait à toi comme à moi nous être funeste.

Parce que tu étais dans la cour qui n'était pas la tienne ou plus simplement parce que tu étais avec moi, la franchise règne dans ce monde, B sourire ironique, avec cœur et avec âme, t'a donné cent lignes. Et ils prêchent l'amitié, nous sommes tous frères, disent-ils, tenons-nous tous par la main. Mais entre la pratique et la théorie, un vaste gouffre s'ouvre devant eux, un gouffre qui les entraîne et les empêche de voir, un gouffre hideux où la théorie prend la forme d'un dragon aux langues de feu. À quoi donc tient la théorie ?

Je ne dis pas cela parce qu'ils t'ont puni injustement, ne t'en prends pas à moi si tu considères que c'est ma propre faute, prends-t'en à notre amitié. Qui t'a fait rester auprès de moi si ce n'est notre amitié ? Qui t'a puni si ce n'est... choisis ton mot. Mais je t'en supplie, si tu daignes m'écrire, ne me parle plus de mes amis que tu imagines, cela me fait trop souffrir. Vois-tu quelque chose de mal quand je parle avec un tel ? Non, mais caprices... Caprices, toujours caprices.

Adieux Jean-Luc, écoute le son du passé qui s'évanouit, entends la voix de l'espérance qui t'accompagne, la grande porte des vacances est ouverte, profites-en, Jean-Luc, profites-en.

A

*

Le 24.06.58.

Cher Ami

Pas d'originalité, non, il n'y aura pas d'originalité dans ma petite lettre, il n'y aura pas de photos d'artistes qui m'ont fait si plaisir, tu connais mon point faible pour me donner le sourire aux lèvres. Je t'assure, recevoir quelque chose qui se dégage un peu de cette monotonie coutumière et recevoir en plus quelque chose qui vient de toi donne à mon cœur une grande satisfaction.

Toi tu voles, libre, serein dans le calme azur de la liberté, tu penses à moi et c'est mon plus grand plaisir. Je ne te demande rien d'autre, maintenant que toutes tes peines se sont dissipées, je ne veux pas te faire revivre nos petits malheurs.

Je disais donc : pas d'originalité, vraiment je n'en suis guère capable. Que veux-tu que je fasse dans ce cadre sinistre où la liberté, voire l'amitié est un fruit défendu ? Ne te plains pas trop que je te parle du collège, qu'est-ce que tu veux, tu cherches à ne plus en entendre parler, mais moi j'y vis encore, je vois cette cour au milieu d'une fine pluie qui la transforme en bourbier, j'essaie de m'apaiser dans ton cœur qui maintenant est heureux, tu ne m'en veux pas ?

Non, ne crois pas que je sois jaloux, mais je dois te dire ce qui se passe. En ce moment il pleut, il pleut mais le soleil vient de temps à autre comme une étrange chose qui veut être priée à deux genoux. Dans la classe de seconde (depuis que tu es parti je ne joue plus au baby-foot) règne une agitation de départ et les cartes volent, les cris retentissent, B s'amène, éjecte roulant plus ou moins les « r », regarde d'un air sévère et disparaît. Mais tout n'est pas fini, demain un examen va troubler les traits de notre visage heureux, examen, tu te rends compte, examen ! Triste mot que celui-là, car après tout je passe en première d'office, c'est le principal.

Voilà un petit tableau un peu excité, mais un peu cafardeux de mon activité propre, un tableau qui te laisse peut-être complètement indifférent mais enfin tu es mon ami. Quand je serai en vacances, je serai libre, je pourrai t'envoyer des artistes, des cartes postales qui sentent l'air pur et les vacances, mes mots seront l'écho sonore de la vie. Ici devrait s'élever une plainte au milieu de mes rêves pourtant si idéalistes.

G n'est plus là, il faut bien que je t'en parle puisque tu me le demandes, il est parti samedi dernier et n'est plus revenu, peut-être mis à la porte ? Mais pourquoi donner tant d'importance à ce personnage que je connais à peine de loin, de loin. C'est toi qui lui donnes de l'importance en moi-même, car c'est toi qui en parles. Laisse-le donc, oublie-le pour que je l'oublie, surtout qu'il ne reviendra plus, alors tu vois où j'en suis avec lui, une profonde indifférence.

Tes artistes sont entre mes mains, personne ne les a vus, si, de loin comme ça, mais de qui sont-ils venus ? Profond silence car je sais faire régner le silence quand je veux. 27 juillet, c'est bien le 27 juillet, je serai sûrement dans le Midi à cette époque-là et en rêve. Je te verrai, mon cher Jean-Luc. Mais d'ici là notre amitié sera plus expansive, elle volera par-dessus les airs et moi je ne serai plus rivé entre ces murs, en tout cas je te verrai mardi, je t'attends anxieusement.

Non, ne vis plus dans le futur maintenant, vis dans le présent et cherche toutes les joies journalières. À propos vas-tu au camp [scout] cette année ? M. voudrait t'y voir, moi je t'ai donné mon avis, il n'est pas suprême, juge-le d'après ton état d'âme.

Au revoir, Jean-Luc, et pense à A qui te voit regarder la télévision. Si tu juges que tu peux me répondre, fais-le car tes lettres me donnent tant de réconfort.

A

*

[sans date]

Cher Ami

La route défile, les arbres verts passent devant tes yeux comme un songe qui ne va plus finir. Le bruit du train berce tes paupières et tu ne peux résister à l'appel de l'enthousiasme qui t'environne. Vacances, vacances.

Mais garde tes yeux fixés sur ton ami qui te parle comme il le faisait avant dans nos lettres du collège, suis-moi dans mes pensées qui voltigent de-ci de-là sans ordre et sans raison. «Je pense donc je suis», a dit Descartes, pense donc, comme cela tu me suivras dans le labyrinthe de mon être.

Aujourd'hui dimanche, je suis animé d'un espoir, je vais te revoir mardi et je vais partir de mon côté accomplir mon chemin de joies et de plénitudes. En plus le soleil brille brille brille (comme dans la chanson), quand le soleil brille tant brille mon cœur. Ah, j'en ai assez, A, toujours parler de mon cœur à moi, de ma vie, de mes joies, voyons, A, sois raisonnable!

Tes problèmes [de physique ou de chimie], j'en ai fait la plus grande partie, mon petit Jean-Luc, constate toi-même, constate les gouttes de sueur qui se perdent dans les sillons des lignes. Plaisanterie, oui je plaisante, tu vas commencer à me donner une mauvaise habitude, toujours plaisanter et encore plaisanter...

Jusqu'au petit-fils de la grande sœur de Jupiter qui semble me narguer sous ces questions antiques, oui. Antiques que tu me posais pour me faire tomber le front dans la poussière, et moi, toujours charitable, je te demandais gentiment les portes de réacteurs nucléaires, c'est si facile ou tout du moins ce n'est pas beaucoup difficile, un petit peu, à peine. Et heureux tu répliquais histoire de Troie, histoire de Troie, c'était un écho sonore qui m'hypnotisait et, sûr de ta victoire, tu riais. Coquin, coquin. Il me semble que je suis dans un égarement complet, tu vois, le passé se mêle au présent et bientôt il va se fondre dans l'avenir, mais suis-moi, suis-moi !

J'en étais donc à tes problèmes, je les ai presque tous faits. Je suis gentil quand même, malgré tous mes défauts, n'est-ce pas ? Si tu savais comme j'aime bien te faire plaisir ! Tu le crois au moins que j'aime bien te faire plaisir, toi tu me donnes tant de joies quand tu m'écris.

Maintenant il se fait tard et je ne sais pas si je pourrai exécuter ton vœu, une lettre longue, vraiment le temps presse et bientôt B va sonner pour monter au dortoir. Ne t'en fais pas, je ne veux pas te ramener au collège, tu es dans le train heureux, et malgré notre séparation soyons heureux. L'amitié par lettres est riche et pleine d'agrément.

Au revoir, Jean-Luc, et en ce moment j'ai hâte de voir tes artistes, tes folios (folies) artistes, à ta manière.

Au revoir.

A

*

Le 05.07.58

Cher Ami

D'aujourd'hui à hier il n'y a qu'un pas, petit pas que je franchis en t'écrivant. Tu vois, l'A qui t'écrit maintenant est beaucoup plus souriant, plus détendu qu'au collège. Au fait, nous sommes en vacances, ne les gâchons pas par des mots insolites et qui semblent sonner faux. Devine-moi ! Esprit calme, posé ou tyrannique ? Ne sais-je que faire ? Me dévoiles-tu sous un aspect désœuvré ?

Non non, tu ne te trompes pas, j'ai des occupations par-dessus la tête, tu sais parfois on se marre pas mal dans ce petit trou et j'ai tout juste le temps de t'écrire chaque matin, c'est-à-dire faire tes problèmes, chercher des images, c'est pour cela que je t'envoie seulement deux problèmes car je te réponds tout de suite et je n'ai pu tout faire. Je t'enverrai les autres dans le courant de la semaine. Cela me permet de t'écrire plus souvent et de te répondre tout de suite, n'est-ce pas mieux ainsi ?

Comme tu vois, je suis toujours dans le Centre, mais je m'en vais le 12 juillet, c'est-à-dire dans peu de jours, et, vu ce temps, je languis de me barrer vers le soleil. Tu sais, le beau rêve que j'avais fait au collège ! Mais il fait un temps ignoble ignoble ignoble et quand je crie cela dehors, l'écho semble se jouer de moi et l'ignoble se transforme en pluie. Trois averses que j'attrape à bicyclette !

Je ne sais pas où tu es maintenant mais, où que tu sois, un petit bonjour et je te dis à bientôt.

A

*

[sans date]

Cher Ami

Je ne sais si c'est dans un cadre idyllique que convergent mes pensées, mais en fait, je n'ai pas encore bougé. J'attends le signal qui donnera le grand vacarme de la plage à mes yeux éblouis, j'attends mais, tu sais, chez moi tout ne va pas pour le mieux, mon grand-père qui est dans le Midi est très malade et les soucis viennent parfois m'accabler.

Pas loin d'ici il y a un étang où parfois avec quelques copains on va se baigner. On se met en maillot (comme à la plage) et on prend des bains de soleil en racontant des blagues. C'est bien ce coin-là car c'est le rendez-vous de tous les jeunes de P. Vais-je y aller tout à l'heure ? Si ce maudit soleil faisait encore son apparition ! À propos, je me suis drôlement arrangé en vélo. Oh, je n'allais pas des masses vite mais n'empêche que j'ai dérapé dans un virage, les graviers ça ne pardonne pas et ça te fait drôlement te balancer sur la route, en fait j'ai eu mon compte, il y a quelques jours j'avais un drôle de bras, tout écorché, ciselé de part en part, ma bécane deux coups de marteau et tout était réglé. Minime incident, immenses détails, pardonne-moi, je suis comme ça. Si ça avait été grave, je ne t'en aurais peut-être pas parlé.

Ils sont étranges, les Méridionaux, je sais que tu le penses, mais ils ont quand même quelque chose d'original que personne d'autre n'a. Je n'arrive pas à définir car je ne suis pas logique. La logique se perd dans un néant profond et pour définir il faut que je trie les idées qui hantent ma cervelle, ce qui me demande beaucoup de réflexion. Et réflexion faite il vaut mieux en vacances ne pas réfléchir terriblement.

Je vais te quitter, mon cher Jean-Luc, en te souhaitant de bonnes promenades. Quant à moi, je vais essayer de faire un tour en ne me cassant pas le nez. Il fait mauvais pour prendre un bain.

A

Merci pour Gilbert Bécaud.

Si tu viens – dans ma danse – Si tu prends bien ma main – tu me porteras chance – et nous irons très loin – tous les deux – Oh garde la cadence – Oh tu danses très bien – Oh nos corps se balancent– au bout des serpentins – enroulés.

Ça, c'est du rythme !

*

Le 11.07.58.

Cher Ami

Une corvée de t'écrire, tu vas un peu fort ! Une corvée, n'ai-je pas de cœur ? Ce n'est pas parce que je suis en vacances que je t'oublie, la preuve, je t'écris tout de suite.

Mon amitié est-elle envolée ? Non, ne le crois pas. Bien sûr, je vais me promener en vélo, mais, tu sais, je pense beaucoup à toi, ce qui ne m'empêche pas de m'amuser, tu occupes une place en moi, même si je ne le dis pas plus souvent.

J'aime m'évanouir dans mon passé, mais pour y puiser la joie, ce qui a provoqué une sorte d'enthousiasme, et toi dans cette partie de mon cœur tu es présent, et maintenant je ne peux t'oublier. Bien sûr, si tu ne m'écrivais plus, si de même j'en faisais autant, le poids de la vie aurait vite fait de briser notre amitié, alors est-ce une corvée de consolider une amitié ?

Tu vois, maintenant je pourrais aller m'amuser avec des copains, mais mon cœur m'appelle, la logique est qu'il faut que je t'écrive, sinon je serais un lâche, défiant mes propres engagements et mes propres promesses. Je ne t'écris pas à contrecœur, je t'écris parce que je suis ton ami, un ami sincère et qui lorsqu'il t'entrevoit cherche à s'améliorer. Il en a tant besoin, ce pauvre A, de s'améliorer.

C'est spontané comme tu l'aimes, je ne cherche pas à améliorer la forme, et certaines phrases n'ont aucun rapport avec d'autres. Le cœur est si embrouillé que s'il n'est pas guidé par un désir d'écrire français il donne une sorte de mélange d'idées extraordinaire. Mais c'est spontané, je n'y peux rien si c'est mal écrit ou autre chose de ce goût-là. Mon cœur est trop exigeant, je n'y vois plus clair dans ce labyrinthe et il veut être obéi.

Loin de là que je sois triste ! J'espère que tu n'es pas triste au moins, sinon je vais prier pour que ton cœur s'ouvre aux lueurs de l'aurore frais, palpitant, ce que tu vois aujourd'hui tu ne le verras plus dans quelques mois, il faut en profiter, profiter toujours de ce temps merveilleux qui passe déjà si vite. Non, je ne veux pas te donner des conseils, simplement je te dis cela pour me convaincre moi-même et parfois il n'est pas si facile de le faire, surtout quand il pleut, ça rappelle l'hiver et moi j'ai peur de l'hiver, c'est noir dans le ciel, blanc sur terre, c'est sinistre.

Samedi je m'en vais, au contraire de Sagan je dirai Bonjour soleil ou Bonjour bonheur. Je suis heureux, tu sais, de retrouver toute ma famille, les coins de ma tendre enfance, je suis heureux de fouler le sable des plages qui étaient mes refuges avec mes cousins et mes cousines. Oh, que te dis-je là, abominablement il faut que je parle de moi-même, qu'est-ce que ça peut bien te faire ?

Au fond, c'est une preuve de mon amitié de parler de moi-même, je me confie à toi car j'ai confiance en toi.

Pour tes problèmes, je vais te dire franchement que je ne les ai pas faits, peut-être vais-je avoir le courage d'en faire un ou deux avant d'envoyer cette lettre. Mais surtout il ne faut pas m'en vouloir, que veux-tu, cela ne me dit rien de faire des problèmes, je n'ai pas de goût. Tu ne peux pas dire qu'avant de partir je n'étais pas en forme, mais maintenant je ne suis plus en forme, j'ai peur de me tromper. J'hésite, j'hésite. Ne m'en veux pas au moins, au contraire souris et n'aie pas honte.

Quant aux vedettes, ne m'en parle pas, ça me fait trop plaisir, je garde ma joie pour moi et je les ai mises toutes dans un carnet où elles y sont toutes réunies, tu vois si je conserve bien tes dons.

Je vais te quitter, mon cher Jean-Luc, simplement je te dis d'écrire à P, car dans le Midi je serai en perpétuel déplacement. Dans le Midi c'est vague, toujours au bord de la mer. Je t'écrirai de mon côté en t'envoyant beaucoup de cartes postales, je ne sais si je pourrai voir le Tour de France au mont Ventoux. Quant à toi, je ne sais où tu vas.

Au revoir, Jean-Luc, et amuse-toi bien.

Ton ami A

*

Le 28.08.58
[en réalité, le 28.07.58]

Cher Ami

J'ai reçu ta lettre aujourd'hui, tu sais, celle du 16 juillet. Le facteur avait dû juger utile de la garder lui-même.

Il faut que je te dise auparavant que je suis dans mon trou, je suis arrivé hier soir, voyageant tout le jour, et ça me fait quelque chose de me voir ici après quinze jours d'insouciance et de joie. J'ai le mal du pays. J'aime trop le Midi, c'est si beau, si remuant, si gai, que lorsque je suis arrivé à P je me suis senti perdu et je le suis, perdu, encore à l'heure où je t'écris.

J'en ai fait des plages pendant ces quinze jours et tu ne sais pas combien j'adore cette ambiance, il y a tout ce qu'on veut pour attirer le cœur. Le calme s'affronte avec le bruit. Les filles s'affrontent avec les garçons. La mer s'affronte avec le sable chaud. J'arrête, l'ambiance de la plage est formidable pour moi.

Tu sais, La Franqui, je t'ai envoyé une carte postale, c'est une plage sensas ! Il y a tout, la mer bordée par une chaîne montagneuse où se dressent des pins, le contraste est saisissant, en haut ce sont des maisons perchées, en bas l'eau qui s'enlace avec le sable. Tu sais, le rêve que j'avais fait et dont je t'avais fait part dans une de mes lettres au collège, avec un café où la terrasse était emplie d'une musique envoûtante, c'était La Franqui, toujours La Franqui, j'adore cette plage. Tous les soirs j'y suis allé sur cette terrasse, des copains tout ce qu'il faut, la vie était belle.

Maintenant je suis revenu, oh je vais repartir, moment de respirer et d'un peu réfléchir, mais le contraste m'a saisi et m'a bouleversé. Et toi, dans tout cela, que fais-tu ? Modèles, croquis, dessins, artistes et quoi encore ? En ce moment j'ai les jambes molles, qu'est-ce que j'ai pu bouger, j'en suis crevé.

Mon rêve, avoir une Vespa et partir tout seul en camping là-bas à La Franqui. La liberté restreinte au collège devient maintenant une indépendance totale. Mais je le réaliserai, ce rêve, pas cette année, mais...

Au revoir, Jean-Luc, en espérant que tu ne m'en veux pas de parler de moi-même, tu en as l'habitude, me diras-tu, mais enfin...

A

*

Le 26 août 1958.

Cher Ami

Moi aussi je m'excuse de ne pas t'avoir écrit plus tôt car, tu vois, je ne suis pas en forme pour écrire correctement. Enfin, avec toi je fais mon possible car un ami, ça se fait respecter. Je suis en pleine forme pour rouler en bécane, m'amuser avec des copains, ces temps-ci qu'est-ce qu'on peut se marrer ! Le vieux L est parti hier en vacances et j'en suis bien aise, tout le temps en train de me chercher à la maison pour aller à l'étang voir de vénérables baigneuses, bien que le climat soit peu propice aux exhibitions de ce genre. Il fait un ciel gris traversé parfois de pâles rayons de soleil, mais c'est gris, lugubrement gris, et il n'est pas rare que je me fasse prendre sous une averse qui arrive de je ne sais où. Après cela une victime de plus à son actif, il est malin, avec ça, Monsieur le Temps !

Bien sûr que je l'ai vu quelque part, ton fameux incendie d'Évian, non plutôt c'est mon père qui me l'a dit, mais tes détails m'ont ouvert plus grandement encore les yeux. Je t'ai ouvert les yeux, tu pourras me chanter, c'est vrai que tu refuses obstinément de connaître le grand homme qui a composé cette chanson. Gilbert Bécaud, voyons, ça ne te dit rien, tu m'as même envoyé une photo de lui, oh je sais bien que c'est uniquement pour me faire plaisir, enfin c'est déjà pas mal.

Alors qu'est-ce qu'elle fait, ta BB, va-t-elle se décider encore une fois à dire oui à Sacha Distel ? C'est le dernier on-dit, elle veut devenir comme tout le monde, avoir des enfants. Beau programme mais difficile aussi pour elle. C'est que BB n'est pas comme tout le monde. BB, c'est BB. Je prends la voie de Descartes, il me semble. C'est que je deviens doué.

Je vais te quitter, mon cher ami, en espérant que tu continues à bien t'amuser et en espérant te revoir dans un proche avenir.

A

*

P, le 18 septembre 1958.

Cher Ami

Immédiatement, enfin je le suppose, je réponds à tes deux lettres dont la dernière m'a un peu surpris.

Et c'est maintenant que je viens t'aider, t'aider est un peu téméraire, du moins essayer de faire quelque chose. Le deuxième problème est un peu long, je l'ai fait entièrement mais recompte surtout, je l'ai fait moi-même mais il y a tant de choses qui passent dans ma tête. Quant au premier, je n'y comprends pas grand-chose, mais j'ai trouvé un mince filon dont je te fais part à la fin.

Mais dis donc, c'est fou ce que tu travailles, deux heures et plus par jour, moi je peux dire sans m'émotionner que j'ai rien fait du tout à part de temps en temps bouquiner une page d'anglais, regarder une réaction, en attendant d'aller me balader dans les environs. À part ça j'ai le moral sensas et je me demande fébrilement ce que l'année va me réserver, en tout cas je me promets de bosser dur, tu vois si je suis en forme !

Quant à toi, ça va aller sur des roulettes cette année, tu n'as pas à t'en faire, c'est drôle quand même comme l'avenir est mystérieux, on ne peut rien deviner, rien souhaiter, c'est une ligne droite dont on ne peut voir la fin. Oh zut ! je me radine encore avec mes gros commentaires et c'est sur un temps couvert que je te quitte en te souhaitant de finir vite tes devoirs de vacances.

À bientôt.

A

*

Acide stéarique C18 H36 O2

Pour moi combustion complète constitue un dégagement de gaz carbonique et de vapeur d'eau. J'établirai donc l'équation

$$C18\ H36\ O2 + \frac{52}{2}\ 02 \rightarrow 18\ CO_2$$

Je ne sais pas si cette équation est vraisemblable, mais du moins elle est correcte théoriquement. Ce qui ferait

284 (216 + 36 + 32) poids de l'acide stéarique

à 582,40 litres d'oxygène $52 \times 11{,}20 = 582{,}40$ l.

d'où, pour brûler 284 g, il faut 582,40 l. ou 0,5824 m^3

$$\frac{582{,}40 \times 70}{284} = 143{,}5 \text{ litres ou } 0{,}1455 \text{ m}^3$$

J'expose simplement, à toi de juger. Quant à moi, je ne suis pas certain que ce soit la bonne solution, mais elle est possible.

Quant à l'aire du carré, tu sais bien que c'est a^2

$$S = a^2$$

a étant le côté, côté multiplié par lui-même.

(Suite de la page 4.)

Lettre ouverte aux Suisses, si bons, si gros, si tristes, Albin Michel, 1991.

Dictionnaire littéraire & érotique des fruits et légumes, Albin Michel, 1994.

Bestiaire érotique, Albin Michel, 1998.

Chez d'autres éditeurs

Marrackech, *Doc(k)s*, décembre 1977.

Une soirée avec Nan Goldin, Galerie Yvon Lambert, Paris, 1995.

La Ménagerie luxurieuse, Musée d'Art moderne de la ville de Paris, 1997.

Ernest Pignon-Ernest, Galerie Guy Bärtschi, Genève, 1997.

Parus
dans la collection « Styles »

François-Jean Authier
La Chimère d'Arezzo (2007)

J. L. Borges
La vie commence... (2010)

Alain Fleischer
L'Ascenseur (2007)
La Vision d'Avigdor (2008)
Courts-circuits (2009)

Valérie Lévy
Les Petites Douleurs (2006)

Laurent Marty
La vie est un miracle (2006)

Philippe Sollers

L'Évangile de Nietzsche (2006)

Entretiens avec Vincent Roy

Grand beau temps (2008)

Émilie de Turckheim

Les Amants terrestres (2005)

Georges Zaragoza

Blasons (2005)

Patrick Renou

Tina, l'amour infini de René Char (2012)

Mis en pages par DV Arts Graphiques à La Rochelle.
Imprimé en France par CPI Bussière
à Saint-Amand-Montrond (Cher)
N° d'édition : 2854 – N° d'impression : 123651/1.
Dépôt légal : octobre 2012.
ISBN 978-2-7491-2854-2